滇版精品出版工程专项资金资助项目

传 承 红 色 基 因 书 系

中国共产党在云南

《传承红色基因书系》编委会 编

云南出版集团

YNK 云南科技出版社

·昆明·

图书在版编目（CIP）数据

中国共产党在云南／《传承红色基因书系》编委会
编. -- 昆明：云南科技出版社，2021.8
　（传承红色基因书系.红色小讲堂）
ISBN 978-7-5587-3711-4

Ⅰ.①中… Ⅱ.①传… Ⅲ.①革命故事－作品集－中
国－当代 Ⅳ.①I247.81

中国版本图书馆CIP数据核字(2021)第166531号

中 国 共 产 党 在 云 南
ZHONGGUO GONGCHANDANG ZAI YUNNAN
《传承红色基因书系》编委会　编

出 版 人：温　翔
策　　划：高 亢　刘 康　李 非
责任编辑：王建明　唐坤红　洪丽春　蒋朋美　苏丽月　曾 芫　张 朝
营销编辑：龚萌萌
责任校对：张舒园
责任印制：蒋丽芬

书　　号：ISBN 978-7-5587-3711-4
印　　刷：重庆新金雅迪艺术印刷有限公司
开　　本：889mm×1194mm 1/32
印　　张：3.375
字　　数：111千字
版　　次：2021年8月第1版
印　　次：2021年8月第1次印刷
定　　价：25.00元

出版发行：云南出版集团　云南科技出版社
地　　址：昆明市环城西路609号
电　　话：0871-64114090

序

　　云岭大地，云蒸霞蔚，英雄辈出。近代以来，云南人民风起云涌的反帝反封爱国运动深刻影响了中国近代史；回望百年，党中央在"鸡鸣三省地"举行的扎西会议完成了中国革命伟大的转折。深厚的历史文化和鲜活的红色基因交织交融成就了这片英雄土地。从红土地走来的有新中国的缔造者朱德、罗炳辉等无产阶级革命家，也有无数"乌蒙磅礴走泥丸"的红军战士；有在民族危亡关头唱响时代最强音的聂耳，也有和平年代用一生守护初心和使命的杨善洲……历史是最好的教科书！在新时代赓续和传承优秀的传统文化和红色基因，用动人的故事教育引导青少年一代童心向党，这是我们编著本书的初衷。

　　学史要明理。中国共产党是怎样创立的？新中国是如何诞生的？这是许多青少年朋友都能回答却又说不清楚的问题。学史让广大青少年更好地理解中国共产党为什么"能"、马克思主义为什么"行"、中国特色社会主义为什么"好"，进而让同学们筑牢信仰：中国共产党带领中华民族实现从站起来、富起来到强起来是多么伟大的飞跃，让孩子们切身体会中国革命来之不易、新中国来之不易、今天的幸福生活来之不易。

　　学史必增信。红军战士为什么能够战胜千难万险完成史所罕见的二万五千里长征？那是因为他们"心中有信仰，脚下有力量"。《红色小讲堂 云岭红色奥秘》采用孩子们喜闻乐见的连环画形式，配合《红色小讲堂 中国共产党在云南》图文并茂地再现云岭大地上的红色故事和英雄人物，揭示红色基因的密码——"革命理想高于天"。罗炳辉为民族解放事业奋斗终生，他说"最快慰的是真正勇敢地牺牲个人的一切利益"；打入敌人心脏的熊向晖将军每时每刻都"面对着黑暗，怀揣着光明"战斗；云南党组织创始人王德三在写给父亲的绝笔信中说"把身子献给人类"，他的战友杜涛吟诵着"一片丹心为革命，誓将头颅报中华"走向刑场……这些孩子们耳熟能详的英雄史诗和红色故事，才是直达童心的理想之光。

学史须崇德。人无德不立。止于至善，是中华民族亘古不变的人格追求。《红色小讲堂 中国共产党人在云南》讲述了云南不同革命时期的代表人物，他们的光辉历程各不相同，但都表现出高尚的革命情操和内在的人格力量。

共产党人的人格力量与中华民族志士仁人的精神境界是息息相通的。西南联大师生前仆后继"反内战反饥饿"的斗争故事感人至深。为了求和平、求民主，青年学子们奋不顾身地冲破军警的封锁线；为追悼一二·一惨案四烈士，李公朴先生饮弹扑地；闻一多先生面对特务的枪口拍案而起……这些英雄人物与时代楷模的道德风范，激励着一代又一代奋发有为的热血青年。

学史重力行。新时代青少年既要立志高远，更要脚踏实地。当今世界正面临百年未有之大变局，机遇前所未有，挑战前所未有。你们当以青春之我，永葆初心，勇担使命，接过历史的接力棒，踏上新的长征路，以压倒一切困难而不被任何困难所压倒的大无畏英雄气概，勇攀科学技术文化的世界高峰，为实现中华民族伟大复兴的中国梦奋斗不息！

童心向党则恰是百年风华。

王德颖

目录

中共云南地方组织遭受破坏

红军长征过云南

云南各族人民的抗日斗争

昆明的民主堡垒

滇军的起义及中国人民解放军桂滇黔边纵队的建立与发展

为建立新中国而战斗

结语 /98

导　言

　　2013 年 12 月 26 日，习近平总书记在纪念毛泽东同志诞辰 120 周年座谈会上的讲话中提道：“一切向前走，都不能忘记走过的路；走得再远、走到再光辉的未来，也不能忘记走过的过去。”向我们讲述了历史的重要性。党的十八大以来，习近平总书记围绕中国共产党历史发表了一系列重要论述，系统回顾我们党团结带领中国人民不懈奋斗的光辉历程，深入总结党在各个历史时期创造的理论成果、积累的宝贵经验、铸就的伟大精神，深刻阐明党为中华民族作出的伟大贡献、为解决人类问题提供的中国智慧和中国方案，展望党和人民事业发展的光明前景。

　　对于云南而言，2020 年 1 月 19 日至 21 日春节前夕，习近平总书记在赴云南看望慰问各族干部群众时的讲话中，语重心长地说：“要学习党史、新中国史，懂得党的初心和使命之可贵，理解坚守党的初心和使命之重要。云南有光荣的革命传统，有很多感人肺腑的动人故事。要把这些故事作为‘不忘初心、牢记使命’教育的生动教材，引导广大党员、干部不断检视初心、滋养初心，不断锤炼忠诚干净担当的政治品格。”2021 年 2 月 20 日，习近平总书记出席了党史学习教育动员大会并发表重要讲话，他强调：在全党开展党史学习教育，是党中央立足党的百年历史新起点、统筹中华民族伟大复兴战略全局和世界百年未有之大变局、为动员全党全国满怀信心投身全面建设社会主义现代化国家而作出的重大决策。全党同志要做到学史明理、学史增信、学史崇德、学史力行，学党史、悟思想、办实事、开新局，以昂扬姿态奋力开启全面建设社会主义现代化国家新征程，以优异成绩迎接建党 100 周年。2 月 26 日，中共云南省委常委、书记阮成发同志在"全省开展党史学习教育动员大会"上强调：要深入学习领会习近平总书记重要讲话精神，扎扎实实开展好党史学习教育。认为历史是最好的老师、最好的教科书、最好的营养剂。修好党史这门课，对于总结历史经验、认识历史规律、掌握历史主动，对于传承红色基因、牢记初心使命、坚持正确方向，对于深入学习领会习近平新时代中国特色社会主义思想，建设更加强大的马克思主义执政党，在新的历史起点上奋力夺取新时代中国特色社会主义伟大胜利，具有重大而深远的意义。要把开展党史学习教育作为重大政治任务，强化政治担当，扛起政治责任，确保学习教育各项任务落到实处，要求在云南扎实推进党史教育活动。

回顾中国共产党在云南的建立及领导云南人民进行不屈不挠斗争的历史，对于弘扬社会主义核心价值观、开展革命传统教育和爱国主义教育具有重要的作用。2021 年恰逢中国共产党成立 100 周年、云南地方党组织成立 95 周年，只有把中国共产党在云南的斗争史、革命史发掘好、宣传好，才能为加强党的建设和推进改革发展稳定凝聚正能量，为共同推进中国特色社会主义伟大事业、实现中华民族伟大复兴的中国梦而贡献出每个云南人应有的力量。

马克思主义在云南的传播与中共云南地方组织的建立及其活动

🚩 历史背景

云南是人类最早的发祥地之一，早在 170 万年以前，人类的祖先元谋人就出现在云岭高原。其后，在这块土地上生息繁衍的各族人民，创造了许多举世瞩目的人类文明成果。但 1840 年以后，西方列强用坚船利炮打开了中国大门，迫使腐败的清王朝签订了《南京条约》等一系列强加在中国人民头上的不平等条约，中国从此逐渐沦为半殖民地半封建社会。为了争夺世界原料和市场，英、法帝国主义先后把与云南接壤的缅甸、越南、老挝等国变为他们的殖民地，继而从西南入侵中国，云南成为英、法两国的必争之地，云南出现了所谓"两强交伺，前虎后狼"的局面。法国人有"非取云南而不足以巩固越南之根据地"的观点。英国人也试图把云南纳入囊中，作为链接其在中国长江流域的势力范围的链条。云南直接受到英、法帝国主义的威胁和侵略，云南各族人民英勇的反帝斗争也从此开始。20世纪初，具有光荣革命斗争传统的云南，各族人民反帝反封建的斗争风起云涌，先后爆发了诸如杜文秀起义、李文学起义、刘永福黑旗军抗法斗争、麻栗坡苗族人民的抗法斗争、片马抗英斗争和辛亥革命前夕革命党人领导的河口起义、永昌起义、腾越起义、昆明重九起义以及辛亥革命后的护国首义等反帝反封建的一系列斗争。但苦于没有先进阶级的领导，这一系列起义不是被反动政府镇压就是起义胜利果实被帝国主义支持的封建军阀所窃取。云南各族人民和全国人民一样，期盼着新的领导力量的产生，期待着新的革命高潮的到来，中国共产党顺应时代的潮流因应而生。中国共产党的成立对于整个中华民族来说具有伟大的历史意义。中国共产党的成立使得中国革命有了坚强的领导核心、有了科学的指导思想、有了新的革命方案。中国共产党的创立，是一个大的事件。自从中国共产党成立之后，中国革命的面貌焕然一新。

毛泽东同志在《论人民民主专政》一文中指出："十月革命一声炮响，给我们送来了马克思列宁主义。"马克思主义的传播，俄国十月革命的胜利，中国共产党的诞生，为云南革命先驱指引了求索的方向。

🚩 云南的新文化运动

清末民初，随着清末新政中的学制改革，废除了科举考试，大批清末士人纷纷出国留学，特别是 1894 年的甲午海战和 1904 年的日俄战争，都是日本取得胜利，由此，学习日本成为当时的一种时尚，云南的知识分子也纷纷漂洋过海，到日本学习，这就为云南造就了一支新式知识分子队伍。他们面对帝国主义的侵略和封建统治者的腐败卖国，激起了强烈的爱国热情。他们当中的许多人从爱国走向革命，成为资产阶级民主革命的积极参加者。在辛亥革命和反对袁世凯复辟帝制的斗争中，领导云南这两次斗争的核心人物，就是在日本学习军事的一批云南知识分子。

此时，一些初步接受民主思想的激进的云南知识分子，出于对帝国主义的侵略和清朝政府的激愤，创办报纸杂志，编印书籍，宣传民主共和思想。如在日本留学的云南籍同盟会会员吕志伊等在东京创办的《云南》杂志，留学越南的云南学生在河内创办的《云南警告》，云南留日学生杨觐东回国后在北京编印的《滇事危言》，昆明爱国青年编印的《滇铎》，留越学生在昆明创办的《云南旬报》等，在云南产生了重要影响，为以后云南的新文化运动奠定了思想基础。1915 年，以陈独秀主编的《新青年》杂志的出版为标志，在全国掀起了向封建思想、道德和文化宣战的新文化运动。新文化运动高举"德先生"和"赛先生"的旗帜，对封建主义思想体系的批判和对科学民主的宣传，在深受封建制度压迫和封建思想禁锢之苦的云南青年中产生了共鸣，激起了他们追求新文化、新思想的热情。

1917 年，23 岁的云南大

关人龚自知从北京大学文科预科毕业回到昆明后，与先一年回昆任教的北大同学袁丕钧共同提出仿效《新青年》创办一份杂志。时值章太炎先生来昆，用篆书为杂志题名《尚志》。《尚志》于同年11月创刊，袁、龚为主要撰稿人，杂志宣传民主与科学，宣传新文化。在1919年2月出版的第2卷第3期，转载了李大钊的《布尔什维主义的胜利》，系统地介绍俄国十月革命和马列主义的一些观点，并发表了题为《一九一九年》的社论。社论指出："近世经济界大投资大企业之前途，日形发达。其结果则多数人之职业率为少数人所剥夺，所垄断。资本家在经济界之专制，不殊贵族与军阀在政治界之专制。俄国一九一七年之革命虽因缘于战争，而真因则在大多数之农人工人，不堪长为大地主大资本家所压迫。所谓共产均富种种运动皆来自经济组织不良之反响也。经济改组，洵人类此后必不可缓之要图。社会革命，诚人类此后必不可免之暴举。特其在一九一九年犹不过日之初升，泉之始达耳。"《滇声报》于1919年5月先后登载了列宁和李卜克内西的传记等，使马克思主义和新思想、新文化在云南得到了进一步的传播，对云南知识分子认识和了解马克思列宁主义有着重要意义和深远影响。与此同时，《新青年》《每周评论》等进步刊物先后在昆明发行，进步知识分子争相传阅。云南新文化运动的兴起，促进了云南人民的思想解放和觉醒。随着新思想、新文化的传播和影响，青年知识分子对封建军阀和卖国政府日益不满，他们希望把新文化运动与当前的政治斗争结合起来，改变云南的现状。1917年，青年学生在省立第一中学建立了学生自治会，它是云南成立最早的学生组织，在云南的新文化运动和五四运动中都发挥了先锋和骨干作用，并为五四运动后成立的云南学生爱国会打下了基础。云南的新文化运动，是一次资产阶级新文化反对封建主义旧文化的运动，它有力地打击和动摇了封建主义的思想基础，使云南知识分子和青年学生初步受到一次资产阶级民主与科学思想的洗礼，使云南人民的思想得到了空前的解放。云南的新文化运动又是一次初步传播马列主义的运动，它为马列主义在云南的进一步传播奠定了基础。

🚩 五四运动在云南

1919 年 5 月 4 日，北京爆发了五四运动。五四运动是中国近代史上一次伟大的思想解放运动。正在北京大学求学的云南籍学生王复生、王有德参加了火烧赵家楼的行动；在清华大学就读的云南洱源白族学生施滉，因站在运动的最前线与军阀作斗争而被捕。云南虽然地处边疆民族地区，但是随着新思想、新文化的传播和影响，一批外出求学的青年学子，开始学习接受先进的思想理论，学习马克思列宁主义，投身于反对帝国主义、反对封建主义、反对北洋军阀统治的大革命运动之中，寻求民族解放的道路。五四运动爆发后，5 月 23 日，云南《滇声报》报道了北京发生五四运动的消息。27 日该报又转载了北京国民大会致各省各界电及《北京学生宣言书》。在昆明云南省立第一中学读书的楚雄南华籍学生张舫与同学杨青田、段融生、张四维等人闻讯后，立即起草和制作了题为《缘起》的传单，分发给各校学生及广大市民，动员全社会迅速声援北京学生的斗争，得到了广大青年学生和市民的响应。在爱国学生的呼吁下，云南各族各界人士纷纷投身到这场具有划时代意义的反帝爱国斗争之中。

在爱国学生的鼓舞下，云南各族群众纷纷投身于反帝爱国运动中。6月4日，由省议会、省总商会、省教育会、省农会、三迤总会和国民后援会、实业改进会、救国会、尚志学社等机关、团体发起和组织，在云华茶园（今云南省第一人民医院内）召开了有近万人参加的国民大会。大会会场悬挂着"救青岛即可以救中国""人心不死，事尚可为"的大字横幅，以及一幅醒目的青岛地图。与会人员手持各色小旗帜，上面写着"毋忘国耻""誓杀国贼""挽回国权"等标语口号。他们痛斥卖国行径，号召全省人民和全国人民团结一致，挽救外交败局，争回青岛，抵制日货，并准备最后以武力解决。大会历时3个小时，最后通过了大会宣言、致全国及在巴黎的中国专使的通电。

国民大会之后，昆明十校（省立一中、省立法政学校、省立第一师范、甲种工业学校、甲种农业学校、省立女子师范、私立成德中学、昆明十一属联合中学、昆明县立师范、兽医专门学校）的学生继续串联筹组学生会，并与大理省立二中、蒙自省立三中、曲靖省立第二师范、普洱省立第三师范及腾冲县立中学等取得联系。6月8日，云南学生爱国会正式成立，各校均设立分会。会章规定，宗旨是"养成爱国精神，协御外侮"。九月，接全国学联通知，为了统一全国学生组织名称，一律改称学生联合会。因而，云南学生爱国会由此改名为"中华民国学生联合会云南支会"。而云南省国民大会，也因同样原因由此改称为"各界联合会云南分会"。在学联和各界联合会的推动下，云南地区的运动继续向纵深发展。学联除自己继续进行宣传教育外，同时以参加各界联合会活动的方式，积极动员店员和商会持续地开展运动。这些反帝爱国民主活动大体有以下四个方面：

第一，响应全国统一行动号召，于国耻纪念日举行反帝爱国活动。如：1920年5月7日、5月9日昆明学生罢课、商人罢市，并举行游行示威，表示中国人民誓雪国耻的决心。第二，抵制日货、提倡国货。学联同商会、海关合作，调查和公布日货商标、货名，吁请商人不进货，同胞不买购，并组织店员协同查缉，查觉即予公开焚毁或没收归公。同时，又在各校内设立国货贩卖队，在社会上组织贩卖国货团，提出"保卫国权"口号，劝用国货。据统计，经过抵制日货，仅1919年至1920年一年，日纱入滇总数即减少了十分之九。第三，大力开展各种方式的宣传活动。学联创办了《学生爱国会周刊》（后改为《学生联合会会刊》）。此外，还组织会员开展街头讲演、印刷传单、张贴标语和漫画，到各剧院利用演出中间休息时间登台讲演。后来又自编《莲花落》在街头演出和自编自演以反帝反封建、鼓吹"劳工神圣"为主题的戏剧，深入地进行反帝爱国民主宣传，很受群众欢迎。第四，利用一切合法斗争方式，在集中主力反帝的同时，注意暴露军阀的面目，教育群众进行争取民主的斗争。当时南北军对峙，唐继尧自称"爱国"，因而反对北洋军阀政府卖国的正义爱国斗争，迫使他不敢撕下伪装，实行武力镇压；但唐继尧对轰轰烈烈的群众运动是又恨又怕的，于是采用种种卑鄙手段多方限制爱国活动，如借口怕引起外交干涉不准学生上街或到剧院讲演，不准学生和群众接触，不准女同学参加活动，甚至要学生会把开会议程和讲话稿事先送审批准，否则不准开会等。总之，是企图取缔学生运动。这就使愈来愈多的会员识破唐继尧的军阀面目，感觉到反帝必须首先反对军阀的反动统治，从而推动学联逐渐加强了民主运动。在全国人民的坚决斗争下，北洋军阀政府释放了在五四运动中被捕的学生，罢免了亲日派卖国贼曹汝霖、陆宗舆、章宗祥 3 人的职务，中国参加巴黎和会的总代表陆征祥没在和会上签字。五四运动取得了伟大的胜利，云南各族人民为此也作出了重要贡献。云南人民响应五四运动的斗争，表现了前所未有的崭新姿态，揭开了云南新民主主义革命的序幕。

▶ 五四运动后出现的云南进步社团及其活动

在新文化运动、五四运动特别是俄国十月革命的影响下，云南一批进步青年学生抱着寻求救国救民的道路，改造云南社会的理想，到省外或出国追求真理：他们有的进入北平、上海、南京等地的高等学校学习；有的漂洋过海，前往世界工人运动和马克思主义的发源地法、德等国家考察或勤工俭学。另外一些人则在省内组织革命团体，努力学习和研究马克思主义。1919 年末、1920 年初，云南学联中有六七个接受了进步思想而志同道合的学生，发起组织了一个研究社会主义的秘密团体，叫作"大同社"，初步地提出了要求改造社会的宗旨。后来，陆续发展到约有二十余人。成员有段融生、柯维翰（即柯仲平）、李生庄、张四维、姚宗贤、李峻、张舫、丁月秋、杨青田等，每月聚议一两次，讨论社会主义学说和国内、省内的时政。为免引起注意，都是到郊外寺庙去开会。而为了扩大政治影响，又决定用省一中学生自治会名义创办《滇潮》月刊，由大同社成员担任该刊骨干，作为舆论宣传阵地。《滇潮》于 1920 年 10 月 25 日创刊，以激进的态度抨击腐败的军阀政治，公开宣言要"不畏势力、不服强权"地去"建设新社会"。此外，又使用学生自治会名义，举办了义务学校。这些活动中都灌注着革命青年要求改造社会，为此不计个人得失、刻苦自励、勇往直前的精神和干劲，为后来云南地区革命运动的深入开展，做了一定的准备。1922年，大同社的多数成员在出省游学高潮中陆续离开昆明，留昆的部分成员仍坚持出刊《滇潮》和办理义务学校。这时，有相当数量的大同社成员聚在北平。他们亲见中国共产党成立后，北京学生在共产党领导下展开的革命活动和孙中山在共产党帮助下改组了国民党，实行联俄、联共、扶助农工三大政策，各地群众组织蓬勃发展起来的情况。在共产党和国民党建立了统一战线这一形势的推动下，这部分成员又与云南旅京学生中革命热忱较高的王复生等串联，于1925年在北京组织了云南革新社，创办《革新》杂志，从事新民主主义革命的宣传。革新社存在的时间不久，便在原有基础上扩大改组为新滇社。这是为了适应当时国内革命形势迅速发展，准备在云南省内发展革命组织，以进一步开展政治活动的需要。当时，国民党右派在统一战线内部捣乱，导致北京学生分裂为左右两派。新滇社是在旅京的云南学生中集合左派成立起来的。后来发展到有五十余人，共分为四个小组，每月集会活动一次，出版《铁花》，大力宣传马克思列宁主义和发表以革命理论分析中国实际的文章，扩大马克思列宁主义的阵地。1925年五卅惨案后，北京学联派出许多同学到各地宣传，新滇社的一切活动都按党的指示进行，因而它已不但是一个活动于全国范围内的进步社团，而且是中国共产党的一个外围组织了。

在云南，1924年底，云南省立第一中学图书馆管理员李国柱，以"唤醒云南青年"为宗旨，在省立第一中学进步学生中秘密组建

了云南青年努力会。到 1926 年底，会员遍及昆明各中等以上学校，云南青年努力会成为领导云南青年革命运动的核心组织。在省立第一中学读书的毕昌杰、赵祚传先后参加了这个组织，并成为主要成员。1925 年 5 月 30 日，上海发生租界巡捕屠杀无辜群众的五卅惨案。由此，一场以工人阶级为主力军、全国各阶层人民群众参加的反帝爱国运动在全国迅速掀起。五卅惨案后，8 月，全国学联和上海学联派上海南洋大学云南籍学生、上海学联主任委员、共产党员张永和（张致中）等人回昆明，宣传五卅惨案真相，同时了解云南的情况，联络进步学生。由于得到青年努力会的积极配合和大力支持，张永和的工作进展顺利。通过交往接触，张永和认为云南建立共青团组织的条件已经成熟，特别是在张永和的启发和引导下，李国柱心悦诚服地接受了马克思主义，接受中国共产党的领导。张永和返沪之前，先后介绍李国柱、陈祖武、吴澄、严英俊等加入共青团，并指定李国柱为在昆明发展共青团组织的特派员，负责团的工作。张永和回到上海后，向共青团浙江区委书记贺昌汇报了李国柱等人的团关系。不久，团中央和李国柱之间建立了直接联系。9 月，团中央批准在云南建立共青团特别支部，李国柱任书记。1926 年 1 月，李国柱向团中央提出了加入中国共产党的请求。2 月，经团中央党组织批准，李国柱转为中共党员，成为在云南省内入党的第一位共产党员。云南青年努力会在李国柱的领导下成立了云南学生沪潮后援会，发表了《云南学生沪潮后援会宣言》，号召各界群众支援上海工人阶级的斗争。赵祚传、毕昌杰等人参加了云南学生沪潮后援会的工作。赵祚传编写了揭露帝国主义罪行的《伤心歌》，在昆明广为流传。但是，由于军阀唐继尧极力防范新滇社，为了便于进行活动，当时在昆明另外组织了青年读书努力会，经常与北平新滇社保持联系。青年读书努力会的成员有李国柱、吴澄等数十人，其中一部分人后来到广州进政治训练班学习，有的还入了党。他们在昆明积极联系各校师生，继续开展学生运动。总的说来，在云南地区建党初期，这支力量是发挥过一定作用的。

🚩 中国共产党云南地方组织的建立

1921年中国共产党的成立是中国历史上开天辟地的重大事件。一些云南籍的革命先驱积极参加了建党前后的一些革命活动，为中国共产党的创建和早期革命斗争作出了重要贡献。在第一次国内革命战争胜利发展、马克思主义在云南逐步深入传播、云南人民革命斗争进入新的高潮的形势下，中国共产党云南地方组织建立。这是云南各族人民千百年来为争取自由幸福生活，在斗争、失败、再斗争的艰苦历程中作出的历史性的选择，也是云南历史上新的里程碑，它开创了中国共产党领导云南人民革命斗争走向胜利的广阔前景。虽然中国共产党成立5年后云南才建立了中国共产党地方组织，但是，中国共产党在中国的出现，对云南不可避免地产生影响。一些云南籍的先进分子，也为中国共产党的创建和初期的革命斗争作出了重要的贡献。他们在马克思主义者的引导下，很快接受了马克思主义，在斗争实践中锻炼成为中国共产党的早期活动家，并把传播马克思主义视为己任，加快了马克思主义在云南传播的进程，为中国共产党云南地方组织的建立奠定了思想上和组织上的基础。此时，在国外留学的云南籍革命先驱，时刻关心云南家乡的进步青年，鼓励他们学习马克思主义，如在美国斯坦福大学留学的施滉和在法国留学的张伯简；在省外求学并开展革命活动的云南革命先驱，也时时关注着云南的革命前途，心系云南的父老乡亲，如在北平的王复生、王德三、李鑫和在上海的张永和；在省内，一批先进青年也积极组织和行动起来，如李国柱、吴澄等。云南先驱者的革命活动和探索，不但为中国人民的革命事业作出了重要贡献，也为云南人民的解放事业开辟了新的道路，为中国共产党云南地方组织的建立，在思想上和组织上奠定了坚实基础。

云南籍党员两次受命回滇建组织。1924 年 9 月，孙中山为争取唐继尧的支持，推举唐继尧出任由孙中山本人担任大元帅的广东大元帅府副元帅，希望他在北伐战争中主持军事，早日实现北伐，打倒反动卖国的北洋军阀政府。不久，孙中山又加委唐继尧兼任川、滇、黔联军总司令，并屡发电报催促其到广州就职，但均被唐继尧拒绝。这时的唐继尧，正野心勃勃地想当"计划中未来的中国总统"。为了达到这一目的，他在孙中山刚逝世后的 1925 年 3 月 18 日，在昆明突然宣布就任广东大元帅府副元帅。他的这一举动理所当然地受到广东革命政府的强烈反对。事实已经表明，唐继尧及受其控制的滇军已经成为南方最大的一股反动势力和北伐后方的严重隐患。因此，尽快在云南建立中国共产党和国民党组织，发展壮大革命力量，推翻唐继尧在云南的统治，消除北伐的后方隐患，成为在全国革命中心广州的中共广东区委的一项重要任务。

1926 年 5 月，中共广东区委派由国民党中央任命为国民党云南省党部筹备员的中共党员王复生和杨青田回云南，准备建立中共云南地方组织和筹备建立国民党云南省党部。杨青田刚从越南海防经老街进入云南河口，就被唐继尧政府的密探跟踪监视，到昆明后无法开展工作。稍后回到昆明的王复生也无法立足，处境十分危险。他们两人先后离开云南，返回广州。

8月，中共广东区委又派由国民党中央农民部委任为农民运动特派员的滇籍共产党员李鑫回云南工作。临行前，中共广东区委书记陈延年指示李鑫：回云南后立即建立共产党组织，开展工农运动；建立有各阶层参加的统一战线，尽快推翻唐继尧政权；同时帮助组建国民党云南地方组织。9月，毛泽东主持的广州第六届农民运动讲习所结束，中共党员、云南学员周霄、黄丽生和进步青年罗彩主动要求回云南从事农民运动，得到讲习所的同意。讲习所介绍他们到国民党中央农民部接洽，准备好要携带的农协会章程、有关农民运动的书刊和工作经费，并指定周霄负责召集。临行前，陈延年接见了周霄、黄丽生二人，重述了给李鑫布置的任务，指示周霄、黄丽生先与李鑫共同完成建党、倒唐等任务后，再转入农民运动，在昆明建立中国国民党云南农民运动办事处，并强调周、黄要在先前派回云南的李鑫领导下开展工作。李鑫回到云南后，公开职业是云南高等师范农科高中教员及云南省实业厅林业考察员。他一到昆明，即与共青团云南特别支部取得联系，随即发展吴澄、严英武、杨静珊等人加入中国共产党。李鑫还通过共青团特别支部加强对青年努力会的领导，进一步开展青年学生工作，并以青年努力会为基础，秘密发展国民党员。10月初，李鑫以云南省实业厅林业考察员的身份，到个旧考察矿工和铁路工人的情况，到贾沙农村作社会调查，为以后的工作作准备。10月底，周霄、黄丽生两人与李鑫接上了关系。1926年11月7日，是俄国十月社会主义革命9周年纪念日，在这个有纪念意义的日子里，李鑫、吴澄、周霄、杨静珊4人在昆明市平政街节孝巷24号周霄家里召开第一次党员会议。会议由李鑫主持，根据中共广东区委和陈延年的指示，决定建立中国共产党云南特别支部，由吴澄任特支书记，杨静珊为秘书，周霄、黄丽生专任云南农民运动特派员。还决定把周霄、黄丽生两家的住宅作为特支的日常工作机关。

在中国共产党第一次代表大会召开5年后，在俄国十月革命胜利九周年的纪念日，中国共产党在云南的第一个组织诞生了。中共云南特别支部的建立，是云南历史上一个光辉的里程碑，标志着以马克思主义为指南的中国共产党，把地处边疆、民族众多的云南，带进了一个崭新的伟大的时代。从此，中共云南地方组织在中共中央的领导下，在云南各族人民的有力支持和积极参与下，为从根本上改变云南各族人民被剥削、被压迫的悲惨处境，实现共产主义远大理想，开始了艰苦卓绝、不屈不挠的斗争历程。

首先，以战斗的姿态，在云南政治舞台上崭露头角，策动推翻唐继尧反动军阀统治的斗争

1926年7月，在中国共产党的推动下，广州国民政府发表《北伐宣言》，正式誓师北伐。一场直指受帝国主义支持的北洋军阀的伟大的正义战争开始了。革命形势的胜利发展，迫切需要消除后方的最大隐患——唐继尧的反动军阀统治。中共云南特别支部成立后，立即按照中共广东区委的指示，把推翻唐继尧在云南的反动统治列为最重要的任务，并全力以赴加以实施。

辛亥革命以后，云南军队援黔、援藏，出兵四川、两广，不仅引起邻省人民的不满，也激化了滇军内部的矛盾。1921年2月，滇军第一军军长、迤东边防督办顾品珍发动军事政变，逼唐继尧下台。唐继尧及亲信离昆出境，避居香港。1922年初，唐继尧率部回滇，击毙顾品珍并赶走顾部，再次成为云南的统治者。1924年，滇军在四川作战受挫，一批滇军军官又开始酝酿倒唐。云南革新社创办的《革新》杂志，也多次发表文章猛烈抨击唐继尧，号召云南人民"从速团结起来打倒唐继尧"。

唐继尧为避免重演顾品珍逼他下台的故事，从1925年滇桂战争以后，开始削弱蒙自镇守使、第二军军长胡若愚，昆明镇守使、第五军军长龙云，昭通镇守使、第十军军长张汝骥和大理镇守使李选廷等高级军官的兵权，并大量裁减这些部队的兵员和武器装备，从而引起龙云等将领的不满。与此同时，唐继尧任命自己的堂弟唐继虞为陆军总监，掌握军队大权，并把刚从法国购买的新式武器绝大部分装备于唐继虞所指挥的部队，更使龙云等人不满。他还通过自己的亲信，控制全省的财权，使非嫡系的官员权小利微或无利可图，普遍产生了离心力。另外，连年战争和政府无休止的横征暴敛，导致云南经济萧条，劳动人民陷入水深火热之中。如此以往，云南呈现出各种社会矛盾不断激化的态势。

云南特支政治斗争委员会具体分析了时局后，认为龙云、胡若愚、张汝骥、李选廷等在政治上与唐继尧虽无大的分歧，但为了避免失去

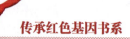

既得利益，因而与唐继尧集团发生了尖锐的矛盾，并企图推翻唐继尧的统治。这就有利于建立由不同阶级、阶层和不同政治集团共同参加的反唐统一战线。中共云南特别支部于是决定依靠广大人民群众，利用四镇守使与唐继尧之间日益激化的矛盾，团结和争取一切反对唐继尧的社会力量，结成广泛的反唐统一战线，促成四镇守使联合发难倒唐。因此，大力开展对龙云等滇军将领的统一战线工作，迅速摆到了中共云南特别支部的议事日程上。经努力，特支先后与龙云、胡若愚、张汝骥、李选廷达成了联合倒唐的共识。1927年2月5日，龙云开始在昆明实行戒严，先后抓捕了唐继尧的亲信共20余人。同日，龙云和胡若愚分别向昆明调兵，电催张汝骥、李选廷一致行动向省城进逼。6日，唐继尧企图组织军队反抗，四镇守使迅速将其制服，旋即解除了唐继

1926年11月7日，在俄国十月革命9周年纪念日，李鑫、吴澄、周霄、杨静珊在昆明市平政街节孝巷24号召开第一次党员会议，正式建立中共云南特别支部，吴澄任书记。

尧的兵权，随后授予他有名无实的"总裁"头衔，终于结束了唐继尧在云南的统治。这次事变，史称二六政变。二六政变后，龙云和胡若愚为独掌云南政权，开始了残酷的角逐，引起了各族人民的极大愤恨。

得到蒋介石集团支持的龙云集团，变本加厉地对共产党和革命群众进行血腥镇压，中共云南地方组织的斗争变得更加严峻和艰苦。

中共云南地方组织成立旧址

其次，在全省开展国民革命和群众运动

二六政变后，中共广东区委派遣王德三等人回云南加强党的领导。中共云南地方组织利用二六政变后有利于群众运动发展的形势，运用马列主义基本原理，结合云南边疆多民族的实际进行探索、实践，广泛深入地发动和组织工农群众，开展了轰轰烈烈的群众革命斗争。王德三回到昆明后，根据中共广东区委的指示，开始着手扩大充实党组织的工作。3月1日，在中共云南特支的基础上，成立了中国共产党云南特别委员会。中共云南特委成立后不久，全国革命形势即发生逆转。4月，蒋介石在上海发动四一二反革命政变，7月，武汉汪精卫政权同共产党决裂，发动了七一五反革命政变，第一次国共合作至此全面破裂，大革命遭受惨重失败。全国革命斗争陷入低潮，使年轻的云南党组织处于极其不利的环境，面对的是力量强大、富有政治斗争经验的国民党右派和地方军阀。因此，年轻的中共云南地方组织面临着非常严峻的考验。但二六政变和唐继尧的下台，鼓舞了云南人民的革命斗争热情，为革命运动的开展造成了有利形势。中共云南特委不失时机地推动建立、恢复和扩大各种群众组织，开创了广大人民群众积极投入革命运动的良好局面。至 1927 年年底，全省共有党团员 198 人，昆明有 14 个支部，5 个县有党的组织，有工作的地方 9 处。中共云南特委在云南领导了轰轰烈烈的大革命运动：先后成立云南省农民协会、妇女解放协会、昆明市总工会、省学联、省会学联等群众组织；动员组织工农群众，发动了规模空前的反帝反封建的群众运动。

再次，发动群众、组织武装暴动

1927 年年底以后，中共云南地方组织根据八七会议精神和中共云南特委扩大会议决议，迅速组织党团员向滇南铁路沿线、矿山及全省山区农村和少数民族聚居区转移，发动群众开展斗争。1927 年年底，中共云南地方组织接到了八七会议有关文件。按照八七会议确定的土地革命和武装反抗国民党反动派的总方针，中共云南地方组织开始把工作重心从昆明转移到滇越铁路及沿线工矿、全省各地农村和少数民族地区，结合云南实际进行理论探索和革命实践，进行了武装斗争的英勇尝试，为此走过了一段艰难曲折的道路，创造了可歌可泣的英雄业绩。如 1928 年 1 月，蒙自的"小东山暴动"，它是中国共产党在云南组织领导的第一次武装行动，它的胜利鼓舞了农民勇敢地加入农会，组织起来斗争，为省临委工作重点的转移打开了新局面。

最后，发展壮大云南党组织

推翻唐继尧反动统治后，为加强中共云南地方组织力量，中共广东区委派时任黄埔军校政治教官的云南籍党员王德三回云南工作。

1927 年 3 月 1 日，在中共云南特别支部的基础上，成立了中共云南特别委员会，王德三任特委书记。到 1927 年年底，全省党员发展到198 人，在蒙自、嵩明、个旧、东川等地建立了党支部。

🚩 查尼皮一大（中共云南省第一次党员代表大会）

1927 年 4 月 12 日，蒋介石在上海发动四一二反革命政变，大肆屠杀共产党员和革命人士；随后不久，汪精卫政府对共产党和革命人士进行了疯狂的大屠杀，史称七一五反革命政变。至此，大革命失败，白色恐怖笼罩全国。此时，云南地方实力派紧跟蒋介石的"反共"步伐，在省内加大对党组织的镇压。1928 年 1 月，搜捕共产党员、革命群众和国民党左派人士，并杀害了共产党员赵琴仙、陈祖武、罗彩 3 人。昆明地区的工会、农民协会、妇女协会、学生联合会全部被破坏，云南党组织遇到了第一次严重挫折。为保存革命力量和开辟革命工作，根据中共中央八七会议精神，中共云南省临委迅速组织党员、团员向滇越铁路沿线、矿山及山区农村和少数民族聚居区转移，决定走土地革命、武装暴动的道路。

1928 年 2 月，省临委书记王德三等先后去上海向中共中央汇报工作，省临委委员李鑫、吴澄等人在迤南指导工作，在昆明的省临委机关仅有赵祚传一人主持工作。为适应形势的变化，加强对全省各地基层组织的指导，加强省临委机关的集体领导，省临委于 4 月召开扩大会议，决定由赵祚传、吴缉熙、吴澄 3 人临时组成中共云南特别委员会（省特委），赵祚传为书记，行使中共云南省临委职权，领导全省的斗争。为健全和加强中国共产党在云南的领导机关，保证工作顺利进行，省特委根据 1928 年 5 月《中央致云南临委信》中要求的中共云南地方组织召开一次扩大会议，产生 5 至 7 人的临时省委的指示，于 1928 年 10 月 13 日在蒙自查尼皮召开了中国共产党云南省第一次党员代表大会。

会议地点选择蒙自县芷村镇的查尼皮村是经过深思熟虑和多方考察的。查尼皮，是苗、彝、汉三个民族杂居的小山寨，周围山高林密，十分隐秘，站在村后的山坡上，能清楚地看见从四面八方来的人。这里地处蒙自、屏边、文山 3 县接合部，距滇越铁路芷村车站仅 7.5 公里，既隐蔽又交通方便。更为重要的是，党在这里的工作开展得早、开展得好，有较好的群众基础。由此，早在 10 天前，参会的代表就从驻地动身，或徒步跋山涉水而来，或乘滇越铁路上的小火车匆忙赶来。这些会议代表，分别从红土高原的昆明、易门、文山、马关和红河本地的蒙自、石屏等地启程。他们来自铁路、矿山、农村、工厂、学校……为掩护自己的真实身份，避过国民党反动派的层层盘查和搜捕，他们有的化装成教书先生，有的打扮成商人，有的穿戴成少数民族，还有的扮成朴实的村姑……陆续赶至蒙自县城小住，观察清楚情况，打探好消息，再找适当时机纷纷沿一条绿树掩映、杂草覆盖的弯弯山间小道，向芷村查尼皮进发。这条探索光明和幸福的山野小路，荆棘丛生，坎坷坑洼，危机四伏。而为实现革命理想，这些担负着带领广大劳苦大众奔向解放重任的代表，克服千难万险，纷纷如期而至，使云南第一次

中国共产党云南省第一次党员代表大会

党代会得以如期并顺利举行。

1928 年 10 月 13 日，正值金秋十月，在边远偏僻的滇南蒙自县芷村镇的查尼皮村，李开文家的茅草屋内，传出一阵低沉而雄浑的《国际歌》声。17 名年轻人肃立在火塘周围，神情坚毅、执着、神圣。歌声结束，他们沉痛地为被敌人杀害的革命战友赵琴仙、陈祖武、罗彩默哀之后，正式召开中国共产党云南第一次代表大会。会议由中共云南省特委委员吴澄主持，出席会议的代表有李鑫、杜涛、王德三、戴德明、吴少默、张舫等 17 人。会议通过了《中国共产党云南第一次代表大会决议案》，其中包括《云南现状与党的任务决议案》《组织任务决议案》《职工运动决议案》《农民运动决议案》等。两天会议结束了，而茅草房内记录了云南革命使命的马灯，一直闪烁着耀眼的光芒。各位代表在闪烁的马灯光辉映下，抱着对革命和未来充满信心、充满希望的热情，积极发言，献计献策。

查尼皮是彝语，意为"不引人注目"，正是在这个不引人注目的地方，它点燃了云南武装斗争的火种，并在往后的岁月中，从未熄灭，它燎原了整个蒙自、整个红河、整个云南，甚至更广阔的地域。这次代表大会，是中共云南地方组织召开的第一次全省党代表大会，也是中共云南地方组织在地下活动时期召开的唯一的一次党代表大会。会议对云南建立党组织以来的工作进行了初步的总结，肯定了成功的经验，指出了存在的缺点，确定了今后的斗争方针和策略，是中共云南地方组织历史上具有重大意义的会议。

大浪淘沙，云南第一次党代会 17 名代表中，有 5 人为革命事业壮烈牺牲，他们是：杜涛、李鑫、戴德明、张舫、吴澄；有 1 人成为可耻的叛徒，他就是新当选的省临委委员陈家铣；其余 11 人，除刘林元前往苏联莫斯科出席国际赤色劳工代表大会外，大多在 1930 年中共云南省委机关遭受大破坏后，失去与上级组织的联系，脱离了党组织，有的转入地下，有的到外地活动，有的利用特殊身份为党继续工作，一些人后来重新入党。

中共云南地方组织遭受破坏

云南全省各地革命斗争的开展，特别是武装暴动和兵变的不断发生，引起了各地反动统治者的极度恐慌。他们纷纷致电省政府告急，要求镇压共产党组织。

1930 年 3 月 11 日，国民党云南省党务指导委员会成立，通过了"严制反动"的"反共"提案。国民党云南省党务指导委员会的成立表明龙云彻底投靠了蒋介石，加紧了"反共"步伐。在昆明，龙云派出国民党省党部、宪兵司令部、戒严司令部的侦探，甚至派出自己的卫队和军官候补生队的学员充当便衣警察，跟踪、搜捕共产党员和进步人士。龙云还下令凡形迹可疑者，不论有无证据，一律拘捕。一时间反动气焰甚嚣尘上，白色恐怖顿时笼罩全省。

4 月底，承印国民党云南省党务指导委员会机关报《民国日报》的开智印刷公司，因报纸出版延期受到追查。开智印刷公司工人、共青团云南省委交通员彭祖祜经不住白色恐怖的威吓，自首叛变，供出

了中共云南省委候补委员陈家铣和共青团云南省委委员兼交通员朱晓光，为敌人破坏中共云南省委提供了突破口。30日，陈家铣被捕。在敌人5000元佣金的"软手段收买"下，陈家铣供出了中共云南省委机关在昆明的几个地址。5月3日，敌人抄搜了位于芭蕉巷、梅园巷、小东门城脚的省委宣传机关、印刷机构、昆明县委、团省委常委开会接头点，部分重要文件如省临委扩大会议决议、中央带来的宣传物、写好而未印的常委政治通告、未抄写的秘密文件、组织部文件、一些公开的宣传品以及油印机等设备被抄去。5日，刘平楷得知敌人到处搜捕共产党人的消息后，首先想到的是省委机关驻地同志的安全及存放的大量机密文件和印刷材料，便不顾自身安危，跑去通知他们转移。不料这里党的机关已被敌人破坏，他刚敲门，就被潜伏

名称	小东山暴动	阿加邑暴动	马关八寨暴动	陆良暴动	宁洱暴动	星江暴动	东川暴动	勐先暴动
时间	1928年1月	1928年10月	1930年2月12日	1930年7月3日	1931年4月	1931年冬	1932年冬	1934年3月1日
地点	蒙自县	蒙自县	马关县	陆良县	宁洱县	星江县	东川县	普洱县
领导人	中共迤南区委	杜涛	吴绍恩、李静安	吴永康	杨正元	中共星江支部	蒋开榜	罗有祯、罗承美

20世纪20～30年代云南地下党领导的农村武装斗争一览表

的特务抓捕。短短几天之内，由于叛徒的出卖，在昆明的省委机关大部分遭到破坏，负责同志大都被捕。7月4日，中共云南地方组织在陆良领导的武装暴动震动全省，反动派惊恐万状，龙云政府以策划暴动罪为名，于26日将中共云南省委组织部长刘平楷、军运负责人张舫秘密杀害于国民党云南模范监狱。

反动当局破坏中共云南省委机关的行动得手后，继续使用各种方

法破获党的各级组织，妄图一网打尽云南党组织。张经辰、王德三、吴澄等先后被捕。其后，为了反抗国民党的血腥镇压，1930年2月，党组织领导马关八寨各族农民1000余人举行武装暴动；7月组织领导陆良暴动。与此同时，滇南的普洱、墨江和滇东北的会泽等地的党组织，都在秘密组织武装暴动，反抗国民党的残酷镇压。

🚩 马关八寨暴动

中共云南省委成立后，继续领导了武装反抗国民党反动派的斗争。早在1928年3月，共产党员李国定（李静安）根据党组织的指示回到马关县，以在八寨小学任教为掩护，发动和组织群众。八寨是马关县城西部的一个大镇，经滇越铁路可到文山、马关、屏边、河口、蒙自、个旧等地，是汉、苗、壮、彝、傣、瑶等多民族杂居的山区，这里社会矛盾尖锐，各族人民遭受着残酷的压迫和剥削，生活在水深火热之中。李国定把八寨附近10多个村寨的农民都发动起来，培养了一批骨干，先后建立了农会组织，并几次召集农民代表开会，酝酿武装暴动事宜。1929年春，在八寨建立了党支部和工作据点。为启发各族劳苦大众的觉悟，共产党员们披星戴月、走村串寨，把革命的目的和共产党的主张，以通俗易懂的语言向群众宣传，如在群众中广为流传的顺口溜《穷人苦》就是一例："穷人苦，穷人苦，衣烂无布补，肚饿无粮煮；男的露出两只臂，女的露出一对乳，羞耻难顾；吊着屁股，走路要打拄，脸色似黄土；出兵和出粮，出款拿钱数。穷人为何苦，苛政猛于虎。穷人要翻身，跟着共产党，打倒官僚和田主。"逢八寨街天，党员们把传单贴在路旁和街上，或把传单塞在群众的米口袋和

柴捆里，并集中学生和农民教唱革命歌曲和演讲。党员们形象地宣传说：到革命胜利，就能把八寨建成"太阳一落，电灯就着（亮）"的地方，为实现这个愿望，就要起来和官僚土豪恶霸进行坚决斗争。这些形式丰富、内容生动的宣传揭露了旧制度的腐朽和黑暗，向贫苦农民指出了斗争方向，从而较好地启发了群众的觉悟，推动了八寨农民运动的迅速发展，党的工作扩大到40余个村寨、近万人范围。为了训练农民队伍，冬天，党支部组织了一次有数百农民参加的夜袭八寨街演习，参加的农民手持武器冲进八寨街，使地主豪绅惊恐万状。11月，国民党云南省政府委任的文（山）、西（畴）、马（关）3县联合团团长兼八寨团总局团总曹仁恭，带着几十名团丁进驻八寨，公布政令要提取民间枪支、扩大团总武装、增加税捐，以防止农民武装反抗。曹仁恭的政令使各族群众大为震动和不满。党支部及时在群众中展开"抗捐、抗税、抗提枪"的宣传，得到广大农民群众，包括维护自己利益的部分中小地主的拥护。

中共云南省临委书记王德三听了八寨的情况汇报后，认为八寨农民运动有发展为武装斗争的趋势，即派省临委委员、蒙自中心县委书记吴绍熙前往八寨加强领导。1930年2月，曹仁恭从文山搬来几百名地主武装进驻大腻科，他自己带着20余名心腹到腻科街与地霸策划镇压农民运动。党支部得知敌情后，决定提前暴动，将曹仁恭消灭于来八寨途中。11日晚，党支部召集有农会代表和部分村寨积极分子参加的紧急会议，决定连夜集中队伍，举行武装暴动。与会人员星夜赶回各村传达会议精神，广大农民积极响应，有枪的带枪，没有枪的就扛着长矛、大刀，提着斧头前往指定地点。一夜之间就动员了40多个村寨的农民和部分乡绅，组成千余人、百余条枪的暴动队伍，连夜向腻科街进发，占领周围高地，包围了腻科街。12日拂晓，暴动队伍手持枪支、大刀、木棒，高举旗帜向腻科街发起进攻，口号声、牛角号声、枪声震荡山谷。正当暴动大军一部逼近曹仁恭驻地准备将其活捉时，驻在大腻科的3县联合团和地霸武装赶来增援，曹仁恭见状率部冲出，向暴动队伍反扑。农民武装受到内外夹击，加之缺乏战斗经验、武器质劣，坚持战斗到上午11点多钟，被迫撤退。撤退时暴动队伍部分被冲散，部分继续抵抗，但遭失败。曹仁恭趁势进驻八寨街，控制

八寨地区，伙同地霸对参与暴动的村寨和各族群众猖狂"清剿"，所到之处洗劫一空，并以通缉"共匪"为借口，下令收缴民间枪支，没有枪的就勒令交枪价银元。曹仁恭的所作所为，更加激起八寨人民的仇恨，也触犯了部分地富豪绅的利益。4月3日，党组织利用地富豪绅与曹仁恭的矛盾，将曹仁恭及4名护卫击毙。马关八寨暴动，由于主客观条件的限制，没能实现消灭地霸武装、攻取县城、建立红军和苏维埃政权的预期目标。但党组织坚持斗争，利用统治阶级内部矛盾除掉了3县联合团团长曹仁恭，为民除了一害。暴动在滇南各族人民中留下了深远影响。

陆良暴动

1930年2月，省委派杨东明、李希白等一批党员到陆良工作，派省委常委、宣传部长张经辰到陆良帮助指导，清除党内不纯分子，调整陆良党组织，在原陆良特支的基础上建立了中共陆良中心县委。由于省委加强了具体指导，以及秘密党员、陆良县县长熊从周的掩护，陆良县党组织能够半公开活动，党的工作发展很快。由学校工作发展到办贫民夜校，利用公开的农民禁烟禁赌会、互济会等秘密发展农会组织，并领导农民进行了“清算公款”“夺取街金”的政治和经济的斗争。随着工作的顺利开展，省委认为陆良已具备了武装暴动的条件。5月，省委派宣传部长张经辰再次到陆良，在旧州召开县委会议，检查和部署武装暴动的准备工作，成立以吴永康为首的兵委会以领导组织全县革命武装。会后，陆良党组织重点抓了组建革命武装的工作，把上层统战工作与下层群众工作结合起来。不久，中共云南省委批准了陆良中心县委发动武装暴动的计划，指示暴动成功后编为红军第三十八军，下辖3个师1个旅，军长吴永康，政委由省委指定；暴动时间由陆良党组织掌握，强调必须作好准备工作，如果准备不充分，暂缓进行。省委还指示暴动队伍占领县城后应乘势急袭曲靖，如龙云从滇南调兵增援，可向滇桂边境转移，与广西百色苏区李明瑞部队联系，在滇桂黔边区建立根据地，开展游击战争。陆良中心县委根据省委指示，确定了军师人员编制，决定7月3日（农历六月初八）晚为暴动时间，计划分两路进攻县城。7月3日，由吴永康指挥200多人的武装担负正面进攻，包围了反动势力孙崑的公馆；由康建侯、方鹤鸣率领的一、二师300余人，击毙了板桥公安分局局长卢永庆和旧州分团团首李蓝亭，向县城前进。由于对敌情判断有误，吴永康这一路没能按预期目标发展，方鹤鸣等只好率另一路武装撤往山区。7月6日，地方势力纠集反动武装3000多人合围起义部队。经40多天周旋，由于敌众我寡，起义队伍被打散，方鹤鸣被混入部队的方茂图谋杀，起义失败。幸得熊从周营救掩护，参加起义的主要领导和骨干全部撤离了陆良。熊从周还以土匪"假借共产之名，行抢劫报仇之实"应付省政府，保护了参加暴动的广大农民的安全。陆良暴动是云南党组织武装斗争的又一次尝试，它震慑了反动统治集团，在全省各族人民中播下了武装反抗国民党反动派的火种。

这一时期，滇东北的会泽，滇南的普洱、墨江等地，党组织都在秘密组织武装，准备发动武装暴动。面对强大的反动统治势力，中国共产党人在云南所组织和发动的这些武装暴动，虽然大都失败了，但它们充分表现了共产党人和人民群众不畏强暴、前仆后继的牺牲精神与坚定的革命信念，打击了国民党反动派，进一步宣传了党的方针政策，锻炼了党和革命群众，为后来云南革命斗争的发展奠定了基础，积累了经验。

红军长征过云南

　　长征，是中国工农红军在第二次国内革命战争期间创造的震惊中外的人间奇迹，是中国革命史上重大的历史事件，是世界军事史上的伟大壮举。80多年前，当中国革命处于生死存亡的关头，中国共产党领导中国工农红军第一方面军（中央红军）、第二方面军、第四方面军和第二十五军进行了举世闻名的长征。中国工农红军长驱数万里，纵横十余省份，粉碎了敌人几十万大军的围追堵截，克服了无数的艰难险阻，以顽强的革命意志、坚定的共产主义信仰和英勇不屈的信念，进行了人类历史上最伟大、最悲壮的远征，在中国革命史上竖立了一块不朽的丰碑，形成了中华民族文化瑰宝中灿烂耀眼的长征精神，成为中国共产党和中华民族克服一切困难、战胜一切险阻的强大思想武器。

　　2016年10月21日，习近平总书记在纪念红军长征胜利八十周年大会上的讲话中说："面对生死存亡的严峻考验，从1934年10月至1936年10月，红军第一、第二、第四方面军和第二十五军进行了伟大的长征。我们党领导红军，以非凡的智慧和大无畏的英雄气概，战胜千难万险，付出巨大牺牲，胜利完成震撼世界、彪炳史册的长征，宣告了国民党反动派消灭中国共产党和红军的图谋彻底失败，宣告了中国共产党和红军肩负着民族希望胜利实现了北上抗日的战略转移，实现了中国共产党和中国革命事业从挫折走向胜利的伟大转折，开启了中国共产党为实现民族独立、人民解放而斗争的新的伟大进军。这一惊天动地的革命壮举，是中

中国工农红军长征路线图

国共产党和红军谱写的壮丽史诗，是中华民族伟大复兴历史进程中的巍峨丰碑。"一支队伍的灵魂，是一步步走出来的；千百万共产党的初心，是在永不停歇的继续前进中，集聚、淬炼、传承的。云南是红军长征走过的重要省份之一，中央红军（红一方面军）、红二、六军团长征过云南的历史惊天地、泣鬼神，这种百折不挠的革命精神和所向无敌的英雄气概值得

我们今天进一步学习。

1933年9月，国民党当局以50万兵力对中央革命根据地进行第五次"围剿"。1934年秋，由于党内"左"倾教条主义错误领导和共产国际军事顾问李德的错误指挥，中央革命根据地第五次反"围剿"斗争失利，1934年10月10日，中央红军8.6万余人从瑞金、于都等地出发，开始长征，准备到湘西与红二、六军团会合。1935年11月，活跃在湘鄂川黔根据地的红二、六军团（后称红二方面军），也退出苏区，实行战略转移。红一方面军和红二、六军团长征途中，分别于1935年和1936年取道经过云南，并先后从云南渡过金沙江，甩掉数十万敌军的围追堵截，取得了战略转移的决定性胜利。两路红军长征经过云南省8个州市的34个县，所

到之处，红军向广大群众宣传党的纲领和政治主张，在各族人民中播下了革命火种，推动了马列主义在云南的传播，为以后党在云南领导的武装斗争起了领导示范作用。而中共中央在云南威信召开的扎西会议，作为遵义会议的继续和发展载入了史册，其间建立的川滇黔红军游击纵队和敌人进行了不懈的斗争，在云南革命斗争史上写下了光辉的一页。

中央红军经过一个月的浴血奋战，先后在江西信丰南北，湖南汝城和广东城口之间，湖南郴县、良田、宜章、乐昌之间突破了国民党军队设置的四道封锁线。在突破国民党军队第四道封锁线的过程中，中央红军进行了关系生死存亡的关键一战——湘江战役。为强渡湘江，红军各军团浴血奋战，与敌搏斗。湘江战役是中央红军长征以来最壮烈的一战。红军以饥饿疲惫之师，苦战五昼夜，突破了敌军重兵设防的第四道防线，粉碎了蒋介石围歼红军于湘江以东的企图。

但是，红军也为此付出了惨重的代价，渡过湘江后，中央红军和中央机关人员由长征出发时的 8.6 万余人锐减至 3 万余人。为摆脱国民党的重兵围堵，毛泽东根据敌我双方的军事态势，建议中央红军放弃北上同红二、六军团会师的原定计划，立刻转向西，到敌人力量比较薄弱的贵州去开辟新的根据地。经过通道会议和黎平会议的激烈争论，毛泽东的建议得到了与会大多数同志的赞同。继猴场会议作出《关于渡江后新的行动方针的决定》后，1935 年 1 月，红军强渡乌江，把国民党"追剿"军队甩在乌江以东和以南地区，并乘胜攻占遵义。

1935 年 1 月 15 日至 17 日，中央政治局在贵州遵义召开政治局扩大会议（即遵义会议），着力解决党内所面临的组织和军事问题。会议揭露和批判了"左"倾冒险主义的错误和严重危害，对第五次反"围剿"斗争的失败进行了总结，肯定了毛泽东等人在领导红军长期作战中形成的战略和战术原则，增选毛泽东为中央政治局常委。遵义会议开始确立了毛泽东同志为主要代表的马克思主义正确路线在中央的领导地位，在极其危急的历史关头，挽救了党，挽救了红军，挽救了中国革命。遵义会议是党的历史上一个生死攸关的转折点，标志着中国共产党政治上开始走向成熟。

🚩 推动中国革命走向胜利新阶段——扎西会议

遵义会议之后，1935 年 2 月，中央红军在云南威信集结休整期间，中央政治局于 5 日至 9 日在威信水田寨、大河滩、扎西镇等地连续召开的会议，统称为扎西会议，会议继续解决遵义会议已经决定但还没有来得及落实的一些重大问题，作出一系列事关党和红军生存与发展的重大部署。

在政治上，扎西会议通过了《中共中央反对敌人第五次围剿的总结决议》（即《遵义会议决议》），第一次系统地总结和肯定了以毛泽东为代表的正确的军事路线，批判博古、李德的错误军事路线，确立毛泽东为代表的正确的军事路线。扎西会议还恢复了对中央苏区、湘鄂川黔根据地的领导，确定了中央红军新的战略方针，改变了原来北渡长江的计划，作出了回师黔北、重占遵义的重大决策。在组织上，扎西会议对政治局常委进行分工，张闻天代替博古在党中央负总责，决定以毛泽东为周恩来在军事指挥上的帮助者。在军事上，精简整编部队，建立中央直接领

参加扎西会议的中共中央政治局委员

毛泽东　张闻天　周恩来　朱德　陈云

李德

参加扎西会议的中共中央政治局候补委员

王稼祥　邓发　刘少奇　何克全（凯丰）

导的川南特委和川南游击纵队，这支游击队在川滇黔边区坚持战斗了 12 年，建立了涉及三省 20 多个县的革命根据地。昭通的镇雄、彝良、威信三个革命老区就属于这个根据地。

扎西会议作出的一系列决策和部署，完成了以遵义会议为标志的中国革命的伟大历史性转折，从此中国革命进入一个新的历史时期，一步步地从胜利走向新的胜利。遵义会议虽然批判了博古等人的错误的军事路线，但尚未形成一个正式

的决议；常委重新分工的工作也还未进行，错误路线的代表博古仍然在中央负总的责任。这两件对红军生死攸关的大事，都是在扎西会议期间圆满完成的。红军从此由被动变为主动，按党中央确立的新的战略方针和毛泽东机动灵活的战术原则，终于跳出了敌人的围追堵截。中央苏区的红军依照中央的指示，改变了组织形式和斗争方式，迅速突围，分散在南方坚持游击战争，为革命锻炼和保存了一大批骨干力量。在川西的红四方面军配合中央红军新的战略方针，取得了嘉陵江战役的胜利，打乱了川陕敌人的《会剿》计划。新的战略方针的确定和实施，扭转了红军的被动局

扎西会议会址之一——威信扎西水田寨花房子

扎西会议会址之二——大河滩庄子上

扎西会议会址之三——威信扎西镇江西会馆

面，取得了战略转移中具有决定意义的胜利。扎西会议是党中央继遵义会议之后召开的又一次重要会议，是遵义会议的继续和发展。会议作出一系列重大决策和战略部署，从政治上、组织上、军事上完成了以遵义会议为标志的中国革命的伟大历史转折，推动中国革命走向胜利新阶段。

🚩 中央红军巧渡金沙江的故事

遵义会议后，红军北渡长江受堵，一渡赤水，于2月4日进入云南威信县。蒋介石发现红军在威信集结后，急令各部向威信推进。为了甩开敌人，争取主动，红军大部队出其不意，二渡赤水，奇袭娄山关，再战遵义城，接着三渡赤水，四渡赤水，南渡乌江，威逼贵阳，使在贵阳督战的蒋介石十分恐慌，急令滇军驰援保驾。

当各路敌军纷纷向贵阳以东开进时，红军则分兵三路以每天 120 里的速度，向敌人兵力空虚的云南疾进。4 月 23 日，红三军团先头部队进入云南富源。国民党数十万军队的围堵，仍未能阻止红军入滇。红军一连攻克富源、曲靖、沾益、寻甸、马龙、嵩明，兵临昆明城下。

中央红军二进云南的入口——富源黄泥河

红军威逼昆明，迫使敌人调回部分兵力，使防守金沙江的兵力和滇北兵力减少，为红军渡过金沙江创造了有利条件。在调动了敌人的兵力后，

白龙山

红军又以一昼夜行军 100 公里的速度，快速赶到金沙江边，并偷渡成功，牢固地控制了渡口，为大部队渡江创造了条件。1935 年 5 月 2 日晚，红军在金沙江边找到一条敌军送探子来南岸探查情况的船，又在当地农民的协助下，从水里捞出一条破船。然后，他们乘坐这两条船渡到北岸。敌人以为探子回来了，没有在意。红军突然袭击，一举控制皎平渡两岸渡口。后来，又找到 5 条船，动员 37 名艄公。与此同时，红一军团赶到龙街渡口，红三军团赶到洪门渡，但这两个渡口都没有船只，加上江宽水急无法架桥，

军委命令他们迅速转到皎平渡过江。5月3日至9日，在七天七夜的时间里，红军主力就靠这六条（找到七条，有一条是坏的）小船从容过江。两天以后，敌人追兵才赶到南岸。红军通过广阔战场上的机动战，调动和打击敌人，并最终实现渡江北上，取得战略转移中具有决定意义的重大胜利，这是毛泽东高超的指挥艺术的生动体现，是红军以少胜多，变被动为主动的光辉典范。

中央红军长征先后两次进入云南，在云南境内活动了28天，经过威信、镇雄、巧家、富源、曲靖、沾益、寻甸、马龙、嵩明、宣威、会泽、东川、富民、禄劝、武定、元谋、昆明等17个县区，攻克威信、宣威、会泽、寻甸、马龙、嵩明、禄劝、武定、元谋等9座县城。

东川树桔渡口

毛泽东、周恩来、朱德在金沙江边指挥渡江

皎平渡将军石

红军长征渡江纪念碑、纪念馆

🚩 红二、六军团渡金沙江的故事

1935 年 9 月，国民党军队集中约 20 万兵力对湘鄂川黔根据地发动新的"围剿"，面对极其不利的局面，红二、六军团根据中共中央指示精神，在贺龙、任弼时、关向应、萧克、王震等领导下，于 11 月 19 日由湖南桑植刘家坪等地出发，踏上战略转移的漫漫征程。

红二、六军团突破国民党和地方军阀的层层封锁，从湖南转战到贵州，先后四次从贵州进入云南。红二、六方面军进入云南境内，最初转战于滇黔边的乌蒙山区，随后，根据红军总部关于强渡金沙江北上与红四方面军会合的指示，红二、六军团开展一系列军事行动。蒋介石指挥国民党"追剿"部队对红二、六军团进行疯狂追击，妄图将红军消灭在云南境内金沙江南岸。英勇的红军以坚定的革命信念和顽强的革命意志，灵活机动地穿插于敌人的重兵包围之中，以势不可挡的气势转战滇境，最后从丽江县（现玉龙县）石鼓一带顺利渡过金沙江，粉碎了敌人的阴谋，实现了北上甘孜，与红四方面军会师的战略目标。

1936 年 3 月 6 日，红二、六军团由贵州赫章相继进入云南彝良县转战于滇黔边的乌蒙山区，展开千里乌蒙回旋战。红军在滇黔交界的以则河

红二、六军团三进三出云南彝良奎香

伏击敌人，突袭镇雄县西南要塞广德关，在赫章县哲庄坝战斗中打击了尾追的敌军，两进两出云南，取得一系列战斗的胜利。红军指战员经过拼死苦斗，冲破敌人的层层围堵。乌蒙回旋战被称为贺龙在长征中指挥作战的"神来之笔"。

3月20日，红二、六军团由贵州威宁入宣威县，第三次进入云南，在虎头山一带，与前堵后追的敌军展开激战。双方共投入兵力近5万人，红二、六军团1.7万余人全部投入战斗。共毙伤敌400余人，俘敌400余人，打击了滇军嚣张气焰。在激烈的战斗中，400余名指战员壮烈牺牲，其中包括5名团以上指挥员。这是红二、六军团在云南境内进行的最大的一次战斗。

1936年3月30日，红军总部电示红二、六军团北渡金沙江，到甘孜与红四方面军会合。红

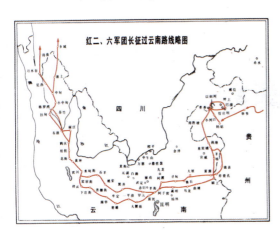

军兵分两路再入云南，直插滇中。4月11日，红军攻占富民县城逼近昆明，龙云急令"追剿"红军的滇军回昆明保驾。红军在昆明附近虚晃一枪，兵分两路向滇西急进。4月25日，红二、六军团到达丽江石鼓镇。在当地群众的帮助下，红军以7只木船和几十只木筏，在丽江石鼓到巨甸60余公里地段上，分别从5个渡口，经过四天三夜全部渡过金沙江，摆脱了长征以来一直尾追的敌人，进入迪庆藏族聚居区。

红二、六军团自 1936 年 3 月进入云南，到 5 月从中甸进入四川，先后在云南活动 60 多天，沿途经过 28 个县区，攻占寻甸、富民、盐兴、楚雄、镇南、牟定、姚安、祥云、盐丰、宾川、鹤庆、丽江、中甸等 13 座县城，终于摆脱 10 万余敌人的围追堵截，取得战略转移的决定性胜利。

宣威虎头山烈士陵园、纪念馆

红军长征这一人类历史上无与伦比的伟大壮举，是中国共产党及其领导的工农红军创造的人间奇迹，是中华民族一部惊天动地的英雄史诗，是中国革命史上一座不朽的丰碑。毛泽东曾豪迈地指出：长征是历史记录上的第一次，长征是宣言书，长征是宣传队，长征是播种机。红军长征对中国乃至世界都产生了深远的影响。

红军长征过云南，播下了革命的火种。红军在所经过的地方张贴布告、标语、口号，使各族群众认识到中国共产党和工农红军是人民的军队。红军指战员严守纪律，尊重少数民族群众，澄清了国民党反动派对共产党和红军的无耻诬蔑。红军以实际行动为云南各族人民指出了争取自由、谋求解放的道路。

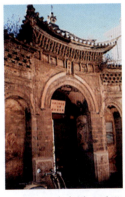

红二军团攻克祥云后设在城内的指挥部旧址

红二、六军团长征过鹤庆纪念碑

丽江石鼓渡口

石鼓渡口的"金沙水暖"雕塑

红军长征过丽江纪念馆

红军长征两次过云南，对云南各族各界产生了重大的影响，给长期寻找党组织并坚持斗争的云南共产党员和革命分子以极大的鼓舞，失去组织联系的党员主动寻找红军。红军长征过云南增强了云南人民同反动势力斗争的信心，为中共云南组织恢复重建创造了条件。

云南各族人民的抗日斗争

🚩 碧血千秋——滇军出征抗日

　　抗日民族统一战线在云南的建立、巩固和发展，特别是推动云南地方实力派抗日的工作，得到了中共中央和八路军领导人的直接关心和帮助。1937 年 8 月 8 日，云南省政府主席龙云到南京参加国民政府召开的最高国防会议，专机途经西安加油。9 日，中共代表周恩来、朱德、叶剑英在西安搭乘龙云的专机一同到南京出席会议。在南京开会期间，龙云邀约朱德、叶剑英一同到汤山，就云南出兵抗日等问题进行了交谈。朱德、叶剑英向龙云阐述了中国共产党团结抗日的方针，向他赠送了《抗日救国十大纲领》等，磋商了抗战的有关问题，同时商定了双方在必要时进行无线电联络，并交换了通信密码。龙云表示赞同中共的主张，同时提出拟派人到延安学习游击战术，培养军事人员。同日，《云南日报》（画刊）刊登了周恩来、朱德、叶剑英与龙云等人在西安机场的合影照片，社会反响强烈。龙云回昆明后到第五军分校讲话，动员师生报名到延安学习游击战术。虽因国民党省党部阻挠，

报名的师生未能成行，但中共中央关于抗日民族统一战线的主张在云南地方实力派高层人物中得到了响应。经过一系列工作，促成了以龙云为首的云南地方实力派在抗战期间积极响应中国共产党抗日民族统一战线的号召，为打败日本侵略者作出了贡献。党对滇军的工作，在抗日战争期间是中国共产党统一战线工作的重要组成部分。它不仅对促进云南地方政府出兵抗战、滇军在抗日前线英勇抗敌起了重要作用，也推动了云南抗日民族统一战线的发展，还在滇军中留下了非常重要的影响。

1931年，九一八事变爆发后，云南各族人民就掀起了抗日救亡运动，在中国共产党领导之下，号召全国团结起来抵抗侵略。随后，红军长征过云南，向云南人民宣传工农革命道理及北上抗日的理念，进一步推动了云南抗日救亡运动开展。七七事变爆发后，全面抗战来临，中共中央向全国各级地方党组织发出指示，要求建立更广泛的抗日民族统一战线。中共云南地方组织按照中共中央的指示，努力推动抗日民族统一战线在云南的建立、巩固和发展。1937年7月8日，中国共产党向全国发出抗日宣言，号召"全国同胞，政府与军队团结起来，建筑民族统一战线的巩固长城，抵抗日寇的侵略"。7月17日，国民政府军事委员会委员长蒋介石向全国发表了著名的庐山谈话，认为"我们知道全国应战以后之局势，就只有牺牲到底，无丝毫侥幸求免之理。如果战端一开，那就是地无分南北，年无分老幼，无论何人，皆有守土抗战之责任，皆应抱定牺牲一切之决心"。在中国共产党的宣传和国民政府申明态度之后，在云南地区各族人民的支持下，作为当时云南地区的最高军政长官，龙云积极响应抗日主张，表明对

主座晋京旋滇後對軍分校訓詞

大意謂：抗戰時期宜應登成職生活

（八月二十六日）

軍事月刊　導語　主座晋京旋滇後對軍分校訓詞

日坚定作战的决心。中华民族在抗日的旗帜下焕发出了空前的凝聚力，万众一心，同仇敌忾，共赴国难。

1937 年 8 月中旬，蒋介石在南京召开最高"国防会议"，各省军政长官及有关方面人士参加，共商抗日御侮大计。云南省政府主席龙云早在 8 月 2 日就致电南京，恳请将滇省部队组成建制部队，由己亲率开赴前方。蒋介石复电赞曰"忠贞谋国，至深赞佩"。"国防会议"上，龙云更是慨然表示：要尽地方所有人力财力贡献国家，以救危亡。云南将动员雄兵 20 万出省抗日，同时提议早日修筑滇缅公路和滇缅铁路，以作预备。龙云的表态和提议得到了国民政府嘉勉，当即给予滇军以中央军序列编制，即五十八军和六十军两个中央军序列番号，下拨军费 30 万元。滇军出省抗日，已箭在弦上。滇军，这支中华民国时期由云南地方实力派组建、指挥、武装的相对独立的军队，素以装备优良，骁勇善战著称，当时就有"滇军精锐，冠于全国"之说。龙云回到云南后，用短短 28 天时间编成约 4 万人的第六十军，以卢汉为军长，下辖以安恩溥、高荫槐、张冲为师长的一八二、一八三和一八四师。10 月 5 日，新组建的第六十军在昆明誓师出滇抗战，开启云南地区的抗战步伐。部队刚刚组建完毕，蒋介石即令"滇省军队，务望从速出动为盼"。为保证部队能顺利开进，龙云三次致电邻省贵州，请求沿途预备粮秣。为激励滇军将士奋勇杀敌，解其后顾之忧，云南省政府在国家优恤之外，另定地方办法，在"婚丧之补助，子女之免费入学，农忙之帮工，公役之免派等类"方面给予阵亡、伤残将士家属以"优遇"。1937 年 10 月 5 日，六十军在昆明巫家坝举行隆重的誓师出征大会，各族人民献旗欢送，气氛热烈。誓师会后，部队即向贵州进发，官兵们长途跋涉 2000 余公里，步行 40 余日，奉命抵达长沙。蒋介石对这支生力军颇为重视，电令龙云力促卢汉"率部兼程驰进，赴京增援"，保卫南京。11 月中旬，六十军由长沙登车，经粤汉路、浙赣路开往浙江，龙云去电激励将士要"努力从事，是为至盼"。当六十军先

头部队抵达金华、衢县时，南京已告沦陷。部队奉命返回武汉待命，于 1938 年元旦抵达武昌，旋又奉命赴孝感花园、武胜关一带整训。六十军在奉命前往驻地整训前，蒋介石亲自特别嘱咐卢汉，要六十军在汉口繁荣市区绕行一周，进行一次武装大游行，以此向驻武汉外国使节和全体民众宣告，南京虽然沦陷，但我国尚有如此装备精良、训练有素的国防力量可以投入战斗。六十军以严整的军容、高昂的士气、精良的武器，完成了这个显示军威、安抚民心的光荣使命。整训期间，蒋介石同意将六十军编为特种军编制，特调六十军团以上军官到武昌珞珈山军官训练团训练，并派出"均具参加欧战经验，学识亦极优长"的德国军事顾问前往六十军训练士兵，拨发运输车 20 辆，子弹 10 万发，手枪 500 支，军部特别费 10 万元，六十军一

时兵强马壮，家乡人民也牵挂着这支子弟兵，组成六十军战地服务团到武昌进行慰问，慰问期间，服务团特请作曲家冼星海、任光和女诗人安娥为六十军谱写了《六十军军歌》，壮军威鼓士气。1938年4月，整训结束的六十军奉命开赴徐州，参加会战，行军途中，将士们高唱着雄壮有力的军歌，勇赴沙场，歌词如下：

我们来自云南起义的伟大地方，

走过崇山峻岭，

开到抗敌战场。

兄弟们用血肉争取民族的解放，

发扬我们护国、靖国的荣光！

不能任敌人横行在我们的国土，

不能任敌机在我们的领空翱翔，

云南是六十军的故乡，

六十军是保卫中华的武装！

1938年4月，龙云又组建了编制等同六十军的五十八军出滇参战。"1938年10月，根据国民政府军事委员会命令，六十军抽出一八三师，五十八军抽出新十二师，扩编为新编第三军，参加抗战。"《云南日报》发表文章称："自全国抗战展开以来，本省决定动员20万雄兵，分期参加伟大光荣之神圣战争，以期长期抵抗，而求最后胜利。"龙云作为滇军的幕后指挥者，在滇军参与徐州会战、武汉会战、长沙会战和赣北战役等滇军抗战进程中都在幕后指挥。从整个军队的协调、管理到作战等各个方面，龙云都认真安排与妥善处理，推动了滇军部队的抗战。1938年，朱德在给龙云的信中称赞云南地区的贡献时说："近年来，云南在吾兄领导下已有不少进步。抗战军兴，滇省输送20万军队于前线，输助物资，贡献于国家民族者尤多。"其后，滇军参与了一场场惨烈的大战，经历了一次次血与火的洗礼，这支"国之劲旅"，这些来自红土高原的无畏勇士，在我国抗战史上写下浓墨重彩的一笔！据统计，由云南各族人民子弟组成的滇军广大爱国官兵，在团结抗战中为抗日战争作出了重要的贡献。仅据徐州战役（台儿庄战役）的统计，六十军全军38242人，投入战斗35123人，其中牺牲13869人，受伤4545人，失踪430人，总计伤亡18414人，占投入战斗兵力的52.4%。他们为云南军民、也为中国军民赢得了光荣。

🚩 南洋华侨机工的故事

在中国人民抗日战争期间，海外华侨华人积极支援祖国抗战，有的捐赠物资，有的远涉重洋回国参战，其中，由著名爱国侨领陈嘉庚先生号召组织的南洋华侨机工（简称南侨机工）回国服务团是中国华侨史上一次人数最为集中、组织最为有序、经历最为悲壮、影响最为深远的爱国行动。

1937年7月7日，卢沟桥事变爆发。1938年10月，广州失守，对外通商口岸被切断。不久，日寇又在越南海防登陆，切断了我国对外供应线——滇越铁路。至1939年，日寇全面封锁了中国海上交通，企图将中国困成"孤岛"。于是，物资运输全部仰赖滇缅公路，由中国军民紧急抢修出来的滇缅公路，成为唯一连接外部的运输大动脉。滇缅公路由云南昆明至缅甸腊戍，全长1146公里，因抢修时间短

（1938 年初动工，1939 年 1 月通车），简易的土公路建在山高谷深、地势险恶的悬崖峭壁之中，沿途要翻过海拔 3000 多米的横断山脉，跨越水流湍急的漾濞江、澜沧江和怒江，还要穿行亘古荒芜、人烟稀少的瘴疠之区。此外，滇缅公路因司机、修理人才的缺乏导致效率低下，而囤积在滇缅公路沿线的大批货物急需内运。据统计，1938 年 12 月底，中缅边境的遮放、芒市等地"积存货物，已逾六千吨"，而西南运输处畹町分处的工作报告显示，车辆待修，严重影响了军事物资的运输。可见，西南运输处的运输能力严重不足。1939 年春，西南运输处"运输重心偏在公路"，此时最大的困难是严重缺乏司机、修机等专门人才，而当时国内驾驶人员缺乏。在此艰难处境下，为解决运输人员缺乏的问题，国民政府军事委员会西南运输处主任宋子良致电陈嘉庚先生，请其协助在南洋华侨中招募汽车司机、修机等技术人才回国，以解燃眉之急。

　　1939 年 2 月 7 日，陈嘉庚先生领导的南侨总会发出第六号通告，即《征募汽车修机驶机人员回国》，号召南洋华人子弟回中国，担负起滇缅公路的抗战运输任务。与此同时，陈嘉庚亲自到南洋各地发表演讲，将招募的消息传遍南洋各地，立即得到南洋华侨的热烈响应。从第六号通告发布之日起，至同年 9 月，南侨总会共招募南侨机工 3200 余名，他们当中，既有普通司机、修理工，又有运输公司或汽车修理场的企业主，还有富家子弟、工程师、大学生等。受募之后，根据各自技能，他们大多数成为卡车司机，有些则当上了修理工、电工、焊工、补胎工、喷漆工等。3200 多名南侨机工先后分 15 批输送回国，所有回国支援抗战的机工，依次进入昆明潘家湾西南运输处运输人员训练所，进行为期 3 个月的军事化集训后，便投入滇缅公路的抗战运输工作。

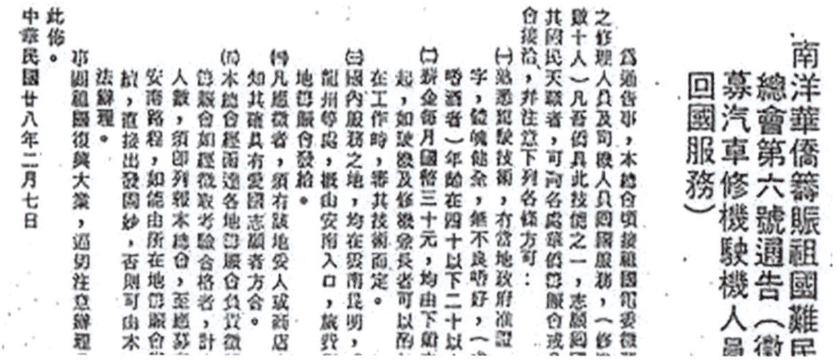

南洋華僑籌賑祖國難民總會第六號通告（徵募汽車修機駛機人員回國服務）

為通告事，本總會頃接祖國函電，以抗戰需材孔急，需用大批汽車修機駛機人員回國服務，（修機人員即修理汽車機件者，駛機人員即司機之謂也）凡吾僑具此技能之一，志願回國者，可向各處籌賑機關或直接向本總會接洽，並註意於下列各條件：

（一）志願回國服務者，須年齡在二十以上，四十以下，由本總會代為介紹。
（二）凡具上項資格者，須有該地籌賑會或商店之殷實保證人三四人方可。
（三）請向本總會或各地籌賑分會接洽報名。
（四）合格後，由本總會代付回國旅費。
（五）到國服務後，其薪金另有規定。

此佈
中華民國廿八年二月七日

（此部分按原文排版為豎排，從右向左閱讀）

行驶在滇缅公路上，就像要闯过五道"鬼门关"。首先，是路险关，用险字也不足以形容滇缅公路的复杂和通行艰险，蜿蜒在横断山脉纵谷区，海拔自 500 米至 3000 多米，沿途悬崖、峭壁、陡坡、急弯、险谷、深流，令人惊心动魄。稍有不慎就有可能掉下让人粉身碎骨的悬崖，雨季的暴雨更令山路险上加险，在这种条件下行车，几乎每天都有人遇难。其次，是疟疾关，滇西至缅北一带，是世界上有名的瘴疠之区，毒蚊猖獗，恶疟流行，加上当年战时药物很吃紧，不幸染上疟疾，可谓九死一生。很多人没挺过来，就葬身在滇缅公路上。再次，是轰炸关，作为当时国内抗战物资的运输要道，滇缅公路自然成为日军的"眼中钉""肉中刺"。为切断滇缅公路，日军专门组成滇缅路封锁委员会，重点对怒江上的惠通桥和澜沧江上的功果桥等要地进行狂轰滥炸。第四，是雨季泥泞塌方关，终日暴雨令山路险上加险，在这种条件下行车，几乎每天都有人遇难；第五，是饥饿寒暑关，汽车抛锚深山荒野，就要饱尝饥饿受冻之苦，有时还有盗匪抢劫之忧。

面对这一道道难关，南侨机工以坚强的毅力、大无畏的精神、娴熟的驾驶技术，保障了滇缅公路军用物资的运输。1939年至1942年，他们与中国国内培养的机工一起，运送了10万中国远征军入缅作战。在物质运送方面，他们更是主力。据《中华民国统计提纲》记载：滇缅公路在这3年中，共运输物资45.2万吨，而当时所有的国际援助约50万吨，这意味着九成以上物资都由南侨机工运到中国。同时，南侨机工也付出了沉重的代价，有1000多人牺牲在滇缅公路上，1146公里长的滇缅公路，平均每一公里，就有一位南侨机工付出了生命！

"路边一片片盛开的山花，那是千万忠骨不屈的英魂，车轮下咯吱咯吱的响声，那是争取民族自由的呼吸。一条蜿蜒的路，一群不平凡的人，一段不平凡的往事，历历在目……"这首诗歌，描写了南侨机工在滇缅公路上抢运军需物资的战斗场景，歌颂了广大爱国青年侨胞为中华民族的救亡图存、同仇敌忾、共赴国难、可歌可泣的英雄壮举和赤子情怀。南侨机工用他们的汗水、鲜血和生命，在中华民族抗日救亡史上写下了极为壮丽的篇章，成为爱国主义的一面旗帜。后人为纪念南侨机工的功勋，在云南省昆明市修建了南侨机工纪念碑，让我们重新认识到南侨机工的事迹是华侨抗日救亡的一座不朽丰碑，是中国和东南亚各国华侨们的共同记忆，是海外炎黄子孙血脉中割舍不断的情谊。血雨腥风的悲壮岁月虽已逐渐远去，但英烈的民族气节和浩然正气将长存！

🚩 西南联大艰苦卓绝的精神

2020年1月20日，习近平总书记考察云南时，专程到国立西

南联合大学旧址进行调研，他详细了解了西南联大在抗战艰苦条件下赓续中华民族文化血脉、为国家培养人才的历史后，深有感触地强调："国难危机的时候，我们的教育精华辗转周折聚集在西南联大，形成精英荟萃的局面，最后在这里开花结果，又把种子播撒出去，所培养的人才在革命建设改革的各个历史时期都发挥了重要作用。"时值国难当头之际，为保中华之文脉，长沙临时大学南迁昆明，1938 年 4月 2 日更名为国立西南联合大学。在战火纷飞的年代，西南联大师生秉持教书救国、科学救国、读书报国的爱国主义精神，以"刚毅坚卓"为校训，在战火纷飞、艰难困苦中弦歌不辍，在国家和民族危亡之际坚守文化阵地，为国家和民族保存文化血脉，创造了中国教育史上的奇迹，在云南近现代史上留下了浓墨重彩的一笔，也是中国近现代史上光辉的一页。

1937 年 7 月 7 日，卢沟桥事变爆发，揭开了中华民族全面抗战的序幕。伴随着宛平城外密集的枪声，北平告急！天津告急！华北告急！8 月，奉国民政府教育部令：国立北京大学、国立清华大学和私立南开大学筹组国立长沙临时大学，于同年 11 月 1 日开学上课。是年年底，抗战形势继续恶化。11 月 12 日，上海陷落，12 月 13 日，南京陷落，武汉告急，长沙岌岌可危。历经千辛万苦刚刚于 11 月 1日开学的长沙临时大学再次面临迁移的抉择。1938 年 2 月，长沙临时大学西迁入滇，4 月抵达昆明，更名为国立西南联合大学。

长沙临时大学迁滇，学校作了充分的准备，分水陆两路同时赴滇。其中最艰巨的迁滇人员莫过于湘黔滇旅行团，他们徒步经湘西、贵州前往昆明，几乎用双脚丈量了三省。联大师生置任何艰难困苦于不顾，教师为国之振兴而教，学生为抗战保国而学，体现了贫贱不能移、威武不能屈、誓死不当亡国奴的崇高民族气节。走这条路线的师生共336人，其中教师有闻一多、黄钰生、袁复礼、李继侗、曾昭抡、吴征镒等。由于湘西土匪出没频繁，为安全起见，由东北军的黄师岳担任旅行团团长，临时大学军训教官毛鸿任参谋长，采取行军的编制和管理，于1938年2月19日出发。他们栉风沐雨，徒步行军3500里，

历时68天，横穿湘黔滇三省，完成了世界教育史上一次罕见的远征。他们一路夜宿晓行，沿途采风、写生、访民、参观、宣传抗日，横跨湖南、贵州、云南三省，历尽艰辛，于4月28日到达昆明。对于久在象牙塔里的师生来说，这次步行风餐露宿，翻山越岭，经受了体力的考验和意志的磨炼，也学到了许多在课堂上、书本里学不到的知识。一路上，他们瞻仰古迹，游览名胜，领略祖国的壮丽山河；访问少数

民族村寨，了解各地的风土人情，更体验到了人民群众的困苦生活；沿途采集了不少标本，收集了上千首民歌民谣。刘兆吉先生将收集到的民歌整理成《西南采风录》，交商务印书馆出版。钱能欣先生将自己68天的日记整理，出版了《西南三千五百里》，生动反映了步行团的生活。闻一多先生一路画了数百张风景画，描绘了各地的美好风光，其途中给家人的书信也成了后人了解湘黔滇旅行团行程的一手史料。

此次迁滇，对于国家来说，保存了教育命脉，储备了战后的建设人才；对于校方来说，不光远离了炮火，实现了人员、设备的安全迁移，还锻炼和教育了学生；对于师生个人来说，实现了继续教书、求学的目的，增长了见识，坚定了意志，明确了人生目标。对任何一方而言，均意义重大。团长黄师岳将此次行军比喻为西汉时期张骞通西域，正如他在训话中说："此次搬家，步行意义甚为重大，为保存国粹，为保留文化……在中国你们算第四次，张骞通西域为第一次，唐三藏取经第二次，三宝太监下西洋为第三次，现在，你们是第四次的文化大迁移。"西南联大的学生们在纪念五四运动19周年之际发出的一封告全国同胞书中所言："我们这次流亡，绝不是为了逃避，为了偷取安乐。我们面前有的是全国父老兄弟姊妹和正在前线作战的同学……我们不畏艰难，不慕安乐，不为恶习所染。我们要深入到全国各地，为中华民族的对日全面抗战，担负起后方需要的工作。"这是联大师生在连天烽火中发出的铮铮誓言，是在民族存亡的紧要关头，联大师生振兴国家的强烈历史责任感和使命感，在被日军摧毁的残垣断壁前仍然精神不倒的缩影之一。在天下兴亡、匹夫有责的爱国传统和刚毅坚卓的顽强精神支撑下，联大师生在强敌深入、风雨如晦的日

子里激情不减、弦歌不辍。他们用刻苦学
习来支持国家的抗战大业，用丰富知识来
吹响胜利的号角。今天的联大校友仍然会
时时提起知识报国、救亡图存的铮铮誓言。
无怪乎林语堂20世纪40年代初路过昆明
作演讲时发出这样的惊叹："联大师生物
质上不得了，精神上了不得！"

昆明的民主堡垒

一二·一爱国民主运动

一二·一运动，是在中国共产党领导下，由昆明青年学生发起并得到全国各地响应的反内战、争民主的爱国民主运动，运动揭露了国民党反动派发动内战的阴谋。西南联大南迁昆明后，昆明成为近现代著名的民主堡垒。1945年12月1日，昆明爆发了"反对内战，争取民主"的一二·一民主运动，成为国统区内民主运动的标志，也拉开了"伟大正义的学生运动和蒋介石反动政府之间的尖锐斗争"的第二条战线的序幕。

抗日战争胜利后，饱受战争之苦的中国人民渴望休养生息，重建家园。然而，蒋介石集团却置广大人民的要求于不顾，疯狂抢夺胜利果实，准备挑起"反共反人民"的内战，妄图建立独裁专制统治。中国面临和平与内战、光明与黑暗两种命运、两种前途的重大历史选择。

1945年8月15日，日本政府宣布无条件投降，全国人民希望实现和平、民主，但国民党政府却坚持一党专政，并在美国支持下奉行内战政策。1945年8月25日，中共中央发表《对目前时局的宣言》，代表广大人民的利益和要求提出了和平、民主、团结三大口号。虽然1945年国共两党签订了"双十协定"，但国民党背弃协定，向华北、东北、华东、华中各解放区发动进攻。国内外形势发生急剧变化。昆明广大爱国学生在中国共产党的领导下，率先举起反内战、反独裁的大旗，吹响了要和平、要民主的号角，发动了揭开第二条战线序幕的一二·一爱国民主运动。

对云南政局的走势，蒋介石是无法容忍的。为了建立一个稳定的内战后方基地，1945年七八月间，蒋介石先后4次召见国民党中央常委李宗黄，密谋以武力逼迫龙云下台，改组云南省政府。他叮嘱李宗黄到云南后必须消灭"三害"：一是民主堡垒；二是学生运动；三是地方军政系统。昆明街头一时特务横行，第五军军长邱清泉以搜查"散兵游勇""安定地方"为名，到处逮捕共产党员和进步人士。1945年8月15日晚上，西南联大、云南大学、中法大学等校师生，在西南联大举行了"从胜利到和平"时事晚会，著名教授纷纷登台演讲，强烈要求和平、民主。吴晗在发言时指出，能制止内战的只有人民，永远根除内战的只有联合政府。闻一多在讲演中说："我们要密切注意美国反动派在制造我们的内战，如果不设法避免这种危机，不但有内战，还会有外战。"9月4日，3000多名学生和社会各界人士在西南联大召开昆明教育文化界庆祝抗战胜利大会，闻一多、吴晗等在会上作了演讲。1945年11月5日，毛泽东以中共中央发言人的名义，发出"用一切方法制止内战"的号召，中共云南省工委因势利导，

22 日决定响应党中央的号召，以昆明学联名义在云南大学至公堂召开反内战时事演讲会，揭露美蒋反动派制造内战的阴谋。国民党云南省当局闻讯后，于 24 日连夜召开党政军联席会议，作出"凡各团体学校一切集会或游行，若未经本省党政军机关核准，一律严予禁止"的决定，于次日在报上公布，并致函西南联大、云南大学，称"此种集会，并未先行请准，应即停止举行，以免影响治安"，李宗黄还派人威胁云南大学校长熊庆来，不准租借会场。而西南联大校方则认为，"平时开会，法所容许，校内演讲，虽以时事为题，终属求知性质，含有学术意味，过去情形，一切良好，兼之当日午前已向李代主席说明，似无劝阻必要"。面对国民党云南当局气势汹汹的禁令，学联决定将会场移往西南联大。11 月 25 日晚，由西南联大、云南大学、中法大学、英语专科 4 校联合主办的时事讲演会，在西南联大图书馆前的草坪上如期举行。到会的有大中学生、教师、工人、市民等 6000 余人。散会后，国民党军警在全市实行戒严，进城的各条道路被封锁，与会的几千人被迫在深夜寒风中踯躅徘徊近两个小时。第二天，国民党中央社发出《西郊匪警，黑夜枪声》的报道，诬蔑与会人士为"匪"，如同火上浇油，更加激起广大学生的愤慨。西南联大率先宣布罢课，云南大学、中法大学、昆华工校、昆华农校等 18 所学校也相继罢课，许多学校贴满了反内战标语。27 日，李宗黄召集各大中学校负责人及宪警开会，责令各校交出"思想有问题"的学生名单，限令各校 28 日复课，否则拿学校当局是问。关麟征在记者招待会上宣称"学生有开会的自由，我就有放枪的自由"。仅 29 日一天，学生就被特务殴打 25 起，被捕 15 起。

面对国民党的高压政策，11月29日，西南联大教授会向国民党云南当局提出抗议书，指出反动当局武装干涉集会，"不特妨害人民正当之自由，侵犯学府之尊严，抑且引起社会莫大之不安"。30日，中国民主同盟昆明支部发表声明，认为"罢课是正当的唯一的抗议手段，我们认为所提的8条不但合理，而且合乎人情，合乎国法"，表示"完全同情这一运动，声援这一运动"。国民党反动派使用种种镇压手段都不能奏效，于是向爱国师生举起屠刀。12月1日晨，李宗黄在参加了卢汉就任云南省主席的仪式后，赶到国民党云南省党部，鼓动党徒"以流血对流血""效忠党国"。这伙党徒携带棍棒、铁条、刺刀、手榴弹，分头攻打学校。当一个暴徒拉开手榴弹引线正要向西南联大门内投掷时，路过此地的南菁中学教师于再（中共党员）不顾个人安危上前阻止，被炸伤头部，当晚牺牲于云大医院（现为昆医大第一附属医院）。闻讯赶来劝阻的西南联大教授袁复礼等人遭暴徒野蛮殴辱，被学生解救出重围。11时许，周绅率领的四五十个特务和军人，到西南联大附中寻衅不成后，转而进攻西南联大师范学院。学生们推开饭厅窗户退入隔壁的昆华工校，联合昆华工校学生发起反攻，投掷石子将暴徒逐出大门。不料暴徒又将大门打破，扔进两枚手榴弹，数名学生中弹倒下，昆华工校17岁学生张华昌被弹片穿入脑中，当天下午在医院牺牲；西南联大师院学生李鲁连头部被弹片击中，在送往医院途中牺牲；联大师院学生缪祥烈左腿被炸断。暴徒乘势冲进门内恣意殴打和刺杀学生，胸部受伤已倒在血泊中的西南联大师院女生潘琰（中共党员），被暴徒龚正德猛刺腹部3刀，当晚牺牲。这就是震惊中外的一二·一惨案。闻一多悲愤地写道："'一二·一'是中华

民国成立以来最黑暗的一天，但也就在这一天，死难四烈士的血给中华民族打开了一条生路。"惨案发生不久，延安《解放日报》12月7日社论指出："昆明惨案在全国说来是一九二六年三一八惨案以来，将近二十年中间所没有发生过的大惨案。"

一二·一惨案是国民党云南党政军当局一手造成的。反动派的暴行没有吓倒昆明爱国师生，反而激起更大的愤怒和仇恨。全市45所大中学校全部罢课。12月6日，罢联发表《昆明大中学生为一二·一惨案告全国同胞书》，控诉国民党当局使用暴力攻打学府、残害师生的罪行，呼吁全国同胞支援。一二·一惨案发生的当天下午，云南大学教职员71人联名发表《为昆明市学生罢课并受枪击致遭伤亡事敬告各界书》，"希望政府方面循适当的途径，求合理的解决，俾使内战早日停止，学生早日复课"。2日，西南联大举行教授会，决定为一二·一惨案向军政当局提出抗议，同时组织法律委员会，在随后形成的《告诉状》中明确指出李宗黄、关麟征、邱清泉等人"利用职务上之权力及方法，阻扰集会，妨害自由，聚众强暴，扰乱秩序，

一二·一惨案四烈士墓

滥用权力，违法杀人，加侮辱伤害于教授，施毒打轰炸于青年，败法乱纪，罪大恶极"。"云大教授七十一人联名声明，对学生表示同情，联大全体教授罢教一星期以响应，更是过去任何一次学生运动中所未曾有的。"

在昆明学生运动的影响下，全国各地也掀起了一场以声援昆明学生运动为主要内容的反内战、争民主的浪潮。在重庆的中共中央南方局机关报《新华日报》最先打破国民党的新闻封锁，刊登了一二·一惨案真相的报道，接着又连续发表了《为昆明死难学生呼吁》《昆明学生流血惨案》《中国青年的光荣》等数篇社论与短评，对昆明学生的爱国行动"表示极大的崇敬"，对他们所遭受的摧残"表示极大的关怀"，"希望全国正义人士给他们以一切可能的援助"。

当一二·一惨案的消息传到重庆后，12月9日，由重庆各界反内战联合会等团体发起，在郭沫若、沈钧儒、史良等主持下，重庆各界人士举行了昆明市死难烈士追悼大会，并在长安寺公祭昆明殉难师生3天，著名民主人士沈钧儒在会上致悼词，郭沫若慷慨激昂地朗读了他新作的挽诗《进步赞》。在重庆的董必武、王若飞代表中共中央献了花圈，《新华日报》社、《群众》周刊社都捐了款，公祭3天共收捐款146万多元。9日，成都大中学生5000余人在华西坝集会，哀悼昆明死难师生，会后举行了游行示威，一路高呼"誓死反对内战""援助昆明同学"等口号，国际友人文幼章、夏仁德教授等也参加了游行。

一二·一运动进入中期后，围绕复课问题，学生与国民党当局之间展开了激烈的斗争。惨案发生后，昆明市大中学生在《为一二·一

65

惨案告全国同胞书》中提出 11 项要求，把其中 7 项作为复课条件，即：追究 11 月 25 日射击西南联大晚会事件的责任；立即取消 24 日云南党政军联席会议禁止集会游行的非法禁令；保障同学的身体自由；要求中央社更正诬蔑学生的荒谬言论，并向当晚参加大会的人士道歉；严惩 12 月 1 日主谋凶犯关麟征、李宗黄、邱清泉等人；当局应负担死难同学抚恤费和受伤同学医药费；赔偿一切公私损失。经过近 20 天的罢课斗争，运动取得阶段性成果，中共云南省工委经过认真分析研究，认为必须转变斗争策略，"运动必须适可而止，如果继续无限期地罢课，旷日持久，有遭受挫折的可能"。20 日，以上条件除第一项和邱清泉、周绅的惩处外，如期得到圆满解决。12 月 27 日，罢联发布两则启事，正式复课。为了扩大一二·一运动反内战、争民主的战果，昆明 3 万大中学生为四烈士举行了盛大出殡仪式，又一次掀起爱国民主运动的新浪潮，表达了人们争取自由、民主的坚定信念。

一二·一运动是继五四运动、一二·九运动之后以青年学生为主体的爱国民主运动的又一个里程碑，揭开了解放战争时期第二条战线的序幕。一二·一运动揭露了国民党反动派内战、独裁的本质，扩大了中国共产党的影响。一二·一运动是在抗日战争胜利后，全国人民渴望和平、民主和蒋介石坚持内战、独裁的矛盾不可调和的产物。一二·一运动拉开了解放战争时期"伟大的正义的学生运动和蒋介石反动政府之间的尖锐斗争"的第二条战线的序幕。一二·一运动是解放战争时期第一次大规模的爱国民主运动。一二·一运动对云南各族人民争取解放的斗争产生了直接的推动作用。一二·一运动为云南城市爱国民主运动和农村武装斗争准备了干部，经过运动的锻炼，有 100 余名先

进分子加入党组织，昆明民青成员增加了一倍，党和民青组织进一步掌握了昆明大中学校学生自治会的领导权。一二·一运动是中国共产党统一战线工作成功的范例。

🚩 李闻惨案及闻一多的"最后一次演讲"

1946 年 6 月底，国民党政府发动全面内战后，民盟中央执委、社会活动家李公朴，民盟云南支部负责人、西南联大著名教授、民主战士闻一多与楚图南、尚钺等人筹划成立昆明各界争取和平反对内战委员会，发起"呼吁和平宣言万人签名运动"，引起国民党昆明当局的恐慌。7 月 11 日晚，李公朴在昆明大兴街口被国民党云南警备司令部特务用无声手枪打伤，次日凌晨逝世。15 日下午，闻一多先生在发表了著名的"最后一次演讲"后也惨遭特务枪杀。此案被称为"民国末期最著名的政治暗杀"。惨案发生后，中共中央和各民主党派发表声明，痛斥国民党特务的残暴行径。全国各地人民群众纷纷举行集会和示威游行，反对国民党当局的暴行。

李公朴、闻一多是中国两位著名的民主人士。李公朴（1902—1946），江苏省常州人，中国民主同盟中央执行委员兼民主教育运动委员会副主席，著名社会活动家和民众教育家，救国会七君子之一。

"目前我党一方面坚持解放区自治自卫立场，坚决反对国民党的进攻，巩固解放区人民已得的果实；一方面，援助国民党区域正在发展的民主运动（以昆明罢课为标志），使反动派陷于孤立，使我党获得广大的同盟者，扩大在我党影响下的民族民主统一战线。"

毛泽东

毛泽东在《一九四六年解放区工作的方针》中指出昆明罢课是国民党统治区民主运动的标志

抗战期间曾率战地服务团到华北抗日前线，在周恩来的支持下从事抗战宣传教育工作。闻一多（1899—1946），湖北浠水县人，著名诗人、教授，中国民主同盟中央执委兼民盟云南省支部执委。早年埋头于研究中国古代文化，抗日战争后期，基于对国民党反动统治的愤怒，毅然走出书斋，成为文化知识界很有影响力的民主斗士。作为爱国民主主义者的李公朴、闻一多是中国共产党肝胆相照的朋友。抗战时期，中共云南地方组织、西南联大等大专院校中的共产党员和进步师生就与李公朴、闻一多建立了良好的关系。1943年春，华岗根据周恩来的指示到昆明，以云南大学教授的身份为掩护，专门做地方实力派和民主人士的统战工作。周恩来在给华岗的信中指出：像闻一多这样的知识分子，对国民党反动派的腐败是反抗的，他们也在探索，在找出路，而且他们在学术界、在青年学生中，还是有广泛的社会联系和影响的，所以应该争取他们，团结他们。1946年2月，李公朴在重庆较场口事件中被特务打成重伤，周恩来亲自到医院慰问。在中国共产党的真诚帮助和引导下，李公朴、闻一多的思想进步很快，两人积极参加中国共产党在云南领导的各种进步活动，闻一多还曾提出过参加中国共产党的要求。

1946年，是中国社会出现重要转折的一年。这年初，在美国特使马歇尔斡旋下，国民党破天荒地第一次与共产党、民主同盟、青年党及无党派代表坐在一起召开政治协商会议，并通过了有利于国内团结与民主进步的五项协议。政协五项协议的诞生，曾给中国人民带来美好憧憬。然而，视中共为心腹之患的蒋介石不甘心中共力量坐大，于是，国民党先是纠缠于政协协议的修改，继之又在东北问题上挑起争端，重庆较场口惨案、南通惨案、南京下关惨案等一系列流血事件，就发生在这一形势下。当时除国共两党外，中国民主同盟是影响力最大的党派，党员以中高级知识分子为主体。民盟主席是张澜，李公朴、闻一多都是该党中央执委会成员。他们之所以成为蒋介石的"眼中钉"，是因为民盟坚决反对蒋介石发动内战和独裁统治，倾向于共产党。

在云南，西南联大刚北上复校，国民党反动派便认为昆明的进步力量削弱了，镇压昆明爱国民主运动的时机已到，阴谋镇压昆明的民主运动。1946

年 3 月，昆明出现了一个叫"民主自由大同盟"的组织，其成分有国民党特务、地痞流氓、帮会分子。这个组织成立时，昆明警备区司令霍揆彰带着一批国民党重要官员前往致贺。该组织成立后不久，到处造谣民盟的闻一多、楚图南是共产党员，民盟"要勾结地方势力搞暴动"，对爱国民主人士进行公开威胁。配合着这种"宣传"，6 月初，昆明几家进步书店和一些地方实力派人物的家宅受到搜查，昆明城内人心惶惶。鉴于局势的险恶，民盟云南省支部负责人楚图南、李公朴、闻一多、费孝通等相继举行 3 次招待会，揭露国民党反动派的造谣与污蔑，向社会各界阐明"和平建国、民主团结"的主张。同时，6 月下旬，民盟云南省支部和各界民主人士组织争取和平联合会，致电国共双方领导人，发起"为呼吁和平救济灾区万人签名运动"，反对内战，呼吁和平，争取民主。7 月 1 日，昆明学生联合会发表了《对目前时局的宣言》，向国民党当局提出 10 项要求。广大人民群众"停止内战，争取和平"的要求和行动使国民党反动派恼羞成怒，遂决定向昆明的爱国民主人士开刀。1946 年 7 月 11 日，西南联大最后一批师生离开昆明。当天晚上，李公朴偕夫人外出办事，后到昆明大戏院看电影，9 点 40 分散场后，搭公共汽车回家，在青云街下车行至大兴街口时，被国民党云南警备司令部稽查处特务用无声手枪刺杀。党组织立即通知闻一多，要他提高警惕。由于伤势太重，12 日凌晨 5 时，著名爱国民主人士李公朴光荣牺牲，临终前痛骂反动派"卑鄙、无耻"，并沉痛地说："全为民主，全为民主。"

7 月 15 日，为了抗议国民党的法西斯暴行和吊唁为民主自由献身的李公朴烈士，中共云南省工委领导昆明学联与民盟云南省支部在云南大学至公堂联合举行"李公朴先生死难经过报告会"，昆明各界人士2000多人不畏强暴，赶来参加大会。会上，李公朴夫人张曼筠报告李公朴遇难经过，控诉国民党反动派的血腥罪行，悲恸欲绝、泣不成声，而台下混杂在群众中的特务却嬉闹和取笑。原已约定不发言的闻一多此时怒不可遏，拍案而起，大义凛然地走上台，愤怒地说道"这几天，大家晓得，在昆明出现了历史上最卑劣、最无耻的事情。李先生究竟犯了什么罪，竟遭此毒手？"他厉声质问道："今天，这里有没有特务？你站出来！是好汉的站出来！你出来讲，凭什么要杀死李先生？"接着，闻一多指出："云南省有着光荣的历史，远的如护国运动不说，近的是'一二·一'四烈士和公朴先生的牺牲。去年'一二·一'，新的青年战士为反内战、争民主献出了生命。现在，连像我们这么大的人也要流血了，这是我们大家的光荣。"会场上响起热烈的掌声。闻一多大声说："人民的力量是要胜利的，真理是永远存在的。历史上没有一个反人民的势力不被人民消灭的！"闻一多最后说："反动派，你看见一个倒下去，可也看得见千百个继起的！正义是杀不完的……我们不怕死，我们有牺牲精神，我们随时像李先生一样，前脚跨出大门，后脚就不准备再跨进大门！"这掷地有声的誓言、正气磅礴的讲话，激励了广大群众，至公堂充满了雷鸣般的掌声，这就是著名的"最后一次演讲"。散会后，云大同学将闻先生护送回西仓坡联大职员宿舍。下午3点，在府甬道十四号《民主周刊》社招待昆明各报社、通讯社记者，由民盟楚图南先生和闻一多先生报告李公朴先生被刺经过及李先生生平。闻先生回答了记者提问，痛斥了反动派对李先生被刺的诬蔑和栽赃陷害。招待会约下午5时散会，闻先生由大儿子闻立鹤

陪同于 5 时 40 分离开《民主周刊》社返回联大宿舍。才离开四五分钟，距家只有 20 多米的地方突然枪声大作，三名特务对准闻家父子扫射一通后仓皇逃走。闻一多先生身中数弹，头部被击中三枪，左腕中一枪被击断，胸、腹部又中数枪，全身是孔；其子闻立鹤身中五枪，胸部左右各中一枪，大腿中三枪，一腿已断，不能言语。闻一多夫人在家挂念父子二人，听到枪响后跑出来见父子倒在血泊中，喊人送往医院。闻一多先生于送往医院途中逝世，时年 47 岁，闻立鹤经多方抢救，数日后方脱离生命危险。

　　一周之内，两位爱国民主人士先后遇害，在国内外引起强烈震动，遭到全国人民的一致谴责。7 月 12 日，毛泽东、朱德从延安给李公朴夫人张曼筠发来唁电，电文指出："惊悉李公朴先生为反动派狙击逝世，无任愤慨。先生尽瘁救国事业与进步文化事业，威武不屈，富贵不淫，今为和平民主而遭反动派毒手，实为全国人民之损失，亦为先生不朽之光荣。"同日，中共驻政协代表团周恩来、董必武等从南京发来唁电说："公朴先生之牺牲，必将激起全国人民反法西斯暴行及争取和平民主运动的高潮。敝代表团誓为后援。"闻一多惨遭枪杀的消息传出以后，毛泽东、朱德又致电闻一多夫人高孝贞："一多先生遇害，至深悲悼。先生为民主而奋斗，不屈不挠，可敬可佩。今遇奸人毒手，全国志士，必将继先生遗志，再接再厉，务使民主事业克底于成。"7 月 17 日，周恩来在南京召开记者招待会，代表中共代表团发表了《反对扩大内战与政治暗杀的严正声明》，声明严正指出："昆明两次政治暗杀，足以根本动摇全国各民主党派与国民党当局团结合作的大局。李公朴被刺后四天，闻一多父子又被刺，这完全是有计划的、而且是肆无忌惮的政治暗杀""这完全赤裸裸地暴露了国民党特务残暴的法西斯本质，采用了最卑劣的手段来镇压和平民主运动及其代表人物"。同日，中共代表团向国民党政府提交抗议书，指出："如此野蛮、卑鄙手段，虽德意日法西斯国家政府犹不敢肆意为之。"云南各界组成了李闻血案后援会，要求追查凶手，抚恤遗属。昆明市各界人士前后数万人到灵堂吊唁李、闻两先生，慰问遗属，昆明学联成员印发传单、张贴壁报，揭露反动派暴行。迫于全国人民的抗议和声讨，国民政府表态要对昆明血案"追究"。不久，蒋介石派陆军总司令顾祝同到昆明专门处理此案，并宣布撤销霍揆彰云南警备总司令职务并调离云南，派何绍周继任云南警备总司令一职。云南警方经过一系列"查办追凶"，最后于 8 月 26 日将参与杀害李、闻两先生的凶犯汤时亮、李明山枪决，而真正的凶手则是倒行逆施、破坏民主的幕后指使人——统治当局的特务组织。

国民党特务制造李闻惨案，更加暴露了国民党反动派的法西斯面目，"他们不仅已发动了大规模的内战，企图消灭中共，消灭解放区和解放区的人民，同时也企图消灭一切民主人士"。李

闻一多

闻惨案使国民党统治区各阶层人民进一步认清了反动派的本质，从而打破了走中间道路的幻想，"使一切中庸的、妥协的、有偏见的人都改正过来；使一切糊涂的、睡梦中的人都清醒过来；使一切还没有站起来的都站起来"，更加把希望寄托于中国共产党，从而扩大了反蒋

爱国民主统一战线。有台湾学者评价："1946年李闻惨案后，国民党就已经失去大陆了。"闻黎明先生也对此评论说："李闻惨案不是一个孤立的事件，本质上是国民党坚持反共路线的必然结果。而围绕这一事件的较量，是战后中国走向民主建国还是一党专政斗争的继续，纵观当时国内各主要报纸，差不多都发表了关于李闻惨案的社论或评论，这一罕见现象所反映的人心向背，让国民党付出了沉重代价。"

🚩 昆明七一五反美扶日运动

1948年，解放战争进入战略反攻阶段，蒋介石反动集团为了"反共"与内战的需要，一面加紧对蒋管区人民的政治迫害，对日益高涨的以学生运动为主的城市爱国民主运动进行疯狂的镇压，一面不惜出卖国家主权，进一步投靠美国，坐视美帝扶日。云南是蒋介石集团进行内战的大后方，此时以卢汉为首的云南地方势力与蒋介石集团之间虽有矛盾，但在加紧镇压学生运动、摧毁云南进步势力上"目标"是一致的。此时，中国共产党领导下的云南反美蒋爱国民主统一战线日益壮大，城市爱国民主运动风起云涌，农村反蒋武装斗争日益发展。在中共云南地方组织的领导下，云南又先后爆发了声讨国民党特务制造李闻惨案罪行、抗议美军暴行、反饥饿反内战反迫害、人权保障和反对美帝国主义扶持日本侵略势力复活等运动。1948年4月30日，中共中央在纪念五一国际劳动节时号召："全国工人阶级和全国人民团结起来，反对美国干涉中国内政、侵犯中国主权，反对美国扶植日本侵略势力的复活！"5月4日，上海学生率先开展反对美帝扶植日本侵略势力复活（简称"反美扶日"）的集会和示威游行，南京、北平学生也随即响应。5月上旬，中共云南省工委和昆明市工委共同研究，决定响应党中央的号召，在昆明开展反美扶日运动，并确定争取地方实力派。党组织开展反美扶日运动的决定，在昆明广大青年学生中引起积极的反响，昆明学联经党组织同意，于6月14日召开常委会议，决定17日全市大中学生总罢课一天，以声援上海、南京等地的运动。16日晚，学联组织云南大学、昆明师院等校学生在云大至公堂召开时事报告会，请进步教授作报告，讲述反美扶日的意义。当局获悉后，立即以省政府的名义发出命令禁止游行示威，并威胁"估抗游行者，准宪警逮捕法办"，同时为防止学生参加集会游行，以代电发往云南大学、昆明师院、云南省教育厅、云南省警备司令部，要求各校严加管训学生。

6月17日清晨，昆明笼罩在白色恐怖中，军警封锁了郊区进入市内的主要道口，云南大学附近交通断绝，军警密布。全市40余所大中学校近万名学生冲破重重阻挠聚集到云南大学，于上午10时召开了昆明大中学生反美扶日大会。大会愤怒声讨美帝扶植日本侵略势力复活的罪行，宣读了《全国学联为反对美帝扶植日本告全国同胞书》，通过了《昆明学生反对美帝扶植日本侵略势力复活并抗议京沪暴行罢课宣言》。同学们对反动当局一系列的阻挠限制非常愤慨，强烈要求举行示威游行。经学联党组请示省工委书记郑伯克同意后开展游行。游行队伍高呼"反对美帝扶植日本"的口号，行进到美国领事馆示威，学联代表向美国领事递交了《昆明学生联合会致美领事转杜总统函》的抗议信。傍晚，反动当局逮捕了参加游行分散回校的大中学生29人。

七一五反美扶日运动游行队伍

七一五运动中被捕学生

第二天，学联组织了 77 人的请愿代表团，到警备司令部要求释放被捕学生，反动派又逮捕了两名请愿代表和两名负责联络的学生。学联发表《告家长、师长、三迤父老书》，决定继续罢课 3 天，以示抗议，并要求云南省警备司令部立即停止非法逮捕，释放全部被捕学生。反动当局拒不接受学生的合理要求，通令各校举行期末考试和毕业考，宣布提前放假，企图瓦解学生队伍，迫使学生退出运动。中共云南省工委、昆明市工委针对敌人的阴谋，由学联成立昆明学生反扶日反迫害联合会，坚持罢课，同时向省内外发出大量文告，揭露反动派的罪行，呼吁社会各界制止暴行。27 日深夜，30 多个宪兵、特务冲入松坡中学，捕走师生 5 人；29 日凌晨，警备司令部调集宪兵 200 多人围攻求实中学和昆华女师，抓捕师生 4 人。在此危急时刻，为避免被敌人各个击破，党组织决定将大部分学校的学生集中到云南大学和南菁中学。随着斗争的日益加剧，敌人对学生运动的镇压也步步升级。7 月 1 日，学生在市中心进行宣传时，国民党军、警、特同时出动，在光天化日之下包围、殴打、逮捕学生，打伤数十人，逮捕 17 人。8 日，特务又在南菁中学门口开枪打伤 3 名学生，抓捕 1 名教师。9 日，蒋介石电令云南当局"即饬宪警进入云大等校逮捕奸党"。13日，国民党教育部派参事刘英士到昆明，以"疏导学潮"为幌子，与云南当局密谋策划，加紧镇压学生运动。15日凌晨4时左右，敌人向手无寸铁的爱国学生举起屠刀，2000多名军、警、宪、特在警备总司令何绍周亲自指挥下，翻墙越壁，进攻集中于云南大学会泽院和南菁中学的学生。学生们从睡梦中惊醒，用石块棍棒同敌人展开英勇顽强的斗争。经过数小时的抵抗，南菁中学当天中午被敌人攻下，400余名学生全部被抓捕，许多同学惨遭毒打。守卫在云南大学会泽院的同学，凭借居高临下的有利地势，与军警奋力搏斗，学生们最后退上三楼，砸断了楼梯，坚守了两天一夜。16日下午，卢汉亲自到云南大学，提出要

与学生谈判，被围困的几个学联领导人经商量后和卢汉在会泽院进行了谈判。学生代表提出从三楼撤退的三个条件：撤退包围会泽院的警察；不逮捕学生；不殴打学生。在卢汉许诺只逮捕少数人进行审问，其余学生一律释放后，学生全部从楼上撤下来。但卢汉却背信弃义，命令军警把400多名学生全部拘捕。至此，反动政府共抓捕学生800多名，除对15岁以下的年幼学生准予请保释放外，将近百名师生送进监狱，将其余400多人集中，由警备司令部、教育厅共同举办夏令营，以"训练思想"进行"感化"。

国民党云南当局对被关押的师生刑讯逼供，企图从中破获中共云南地方组织。被捕师生绝大多数都大义凛然、宁死不屈，用自己的血肉之躯保卫了党组织。9月初，敌人将关押在各处的76名师生（党员34名）全部集中到云南省特种刑事

法庭监狱关押。被捕的中共昆明市工委委员袁用之通过秘密串联，建立了狱中临时党支部，号召把监狱变成战场、把监狱变成熔炉、把监狱变成学校，中共云南省工委、昆明市工委及时和狱中党支部取得联系，一方面领导监狱和法庭的斗争，一方面积极争取社会各界的声援与支持，组织营救被捕师生。敌人要同学们写"悔过书"，企图从中挖出中共云南地方组织的线索。在与上级组织失去联系的情况下，被捕党员、民青成员依靠集体的智慧和力量，与敌人机智周旋。经过斗争，被捕学生有的准予请保释放，大多数学生"被判处 5 到 15 个月不等的徒刑"。1949 年 4 月，被关押在特刑监的 76 名师生全部出狱。中共云南省工委、昆明市工委对获释的党员、民青成员被捕后的表现及时进行了审查，将其中大部分疏散到农村游击区参加武装斗争。

1948 年在昆明爆发的七一五反美扶日运动，是继一二·一运动后中共云南地方组织领导的又一场声势浩大的爱国民主运动，其持续时间之长、被捕人数之多、斗争之艰难曲折，在中国学生运动史上都是罕见的。广大青年学生面对敌人的血腥镇压，与国民党反动派进行了英勇顽强的斗争，经受了严峻的考验，保卫和巩固了党组织。这次运动锻炼和培养了党的干部和爱国青年，"从 1948 年秋后至 1949 年春末的半年中，1300 多名经历过历次学生运动锻炼的积极分子被接收参加了中国民主青年同盟，130 多名民青成员参加了中国共产党"，反美扶日斗争促进了学生运动与工农运动的结合，上千名党员、民青成员和青年积极分子到全省各地农村参加党领导的人民武装斗争，走上了知识分子与工农相结合的道路，为争取云南的解放发挥了重要的作用。

滇军的起义及中国人民解放军
桂滇黔边纵队的建立与发展

🚩 海城起义

1946 年，国共双方在东北处于胶着状态。一场起义，使双方的力量布局发生重大变化，成为辽沈战役的最大转折点，这场起义，是由国民党第六十军一八四师师长潘朔端所倡导的海城起义，潘朔端因此成为内战初期第一个起义的国民党将领。

滇军是云南地方实力派一手培植起来的一支地方正规军，主要以云南讲武堂培养的人才为骨干，受日本士官式教育熏陶，素以作战勇敢和服从指挥而著称。滇军也是云南地方实力派统治云南、与国民党中央势力相抗衡的资本。滇军具有光荣的革命传统。在旧民主主义革命中，举行过辛亥云南重九起义，发动过讨袁护国战争，为中国旧民主主义革命作出过重要贡献。抗日战争时期，滇军参与了著名的台儿庄会战及武汉保卫战等重大战役，功勋卓著。抗战胜利后不久，蒋介石为使云南成为内战后方，开始了剪除云南地方势力的行动。特别是抗战胜利后，蒋介石令滇军主力由卢汉率领作为中国战区代表前往越南接受日军投降。同时以协同滇军入越受降之名，令中央军第五十二军、第五十三军和第九十三师尾随入越，进行监视、防堵，企图全面解决云南的半独立状态。正当入越滇军忙于受降事务之机，1945年10月3日，蒋介石命令杜聿明在昆明发动突然袭击，以武力逼迫龙云下台。十·三事变的消息使入越滇军官兵大为震惊和气愤，始知上了蒋介石调虎离山的当，一些中下级军官发出"打回老家去"的吼声。

> 潘朔端（1901—1978），字孝源，云南威信人。黄埔军校第四期毕业。1929年回滇，历任营长、团长、旅长、师长。抗日战争时期，任第六十军团长，在台儿庄战役中带领先头部队奋勇杀敌，裹伤指挥作战，坚守阵地至后续部队到达，立下战功，被授予一级宝鼎勋章。

潘朔端在台儿庄战役负伤后到武汉住院养伤。因潘朔端家乡系云南威信县，与罗炳辉家乡云南彝良县毗邻。罗炳辉多次到医院看望潘朔端，向其宣传中国共产党建立抗日民族统一战线的主张。潘朔端伤好临别时罗炳辉意味深长地说道："你我同生在一块土地上，但愿将来能走到一条道路上。"1945年，潘朔端作为六十军一八四师师长，赴越南接受日本投降。同时，中国共产党在滇军一八四师中有长期的工作基础。抗战时期，在滇军著名爱国将领张冲的支持下，一批共产党员到该师开展政治工作，并建立了党支部。在师长张冲进步思想的影响下，通过中国共产党长期的、细致的政治思想工作，一八四师许多官兵对八路军、共产党的政策有所了解，思想倾向进步。在抗战中，潘朔端也看到了日寇的烧杀抢掠，蒋介石排斥异己，对云南部队采取分割调离、瓦解消灭的手段。他一直在寻求与共产党八路军一道干革命的机会。经过反复思考，他坚定了方向，决定到东北后就找机会把队伍拉往八路军干革命。

1946年4月底，滇军到达东北后，六十军被分割建制，分别驻防于鞍山、海城、大石桥、营口四地准备打内战，并让东北"剿总"派两名少将参军携带电台尾随潘朔端进入海城，实施监督。潘朔端看出蒋介石、杜聿明有意借共产党之手消灭非蒋介石嫡系部队的目的。面对险恶的处境，潘朔端为自己的前途和全师官兵的命运感到忧虑。他指定副官秘密收听新华社延安广播电台的新闻，记录后送给他和几个亲信传阅，并和师团主要将领经常在一起交换对时局的看法，使思想逐渐统一在"内战不容再有，民主为人民所需"的基础上。

1946年5月，东北局势日趋紧张。蒋介石于5月23日飞抵沈阳，亲自督战，向辽南解放区大举进攻。民主联军先发制人，于5月25日收复鞍山，27日南下海城，28日向海城发起攻势。5月28日夜，潘朔端召集郑祖志、马逸飞、魏瑛到一八四师指挥部开会，作出四项决定：①全师举行反蒋反内战起义；②派人与民主联军联系起义事宜；③严格控制部队，防止发生突发事件；④把蒋介石派往一八四师的两名少将监军及城区宪兵、交警、巡警、联络组头目抓起来，踢开绊脚石。之后又以城防司令部名义，召集一八四师以外原驻海城校以上军官、谍报组特务和交警总队骨干分子共50余人到指挥所开会，也都扣起来，缴了械，没收了电台，切断一切对外联系。潘朔端还派人携信前往民主联军四纵队前沿指挥部联系。5月29日晚上11时，民主联军四纵队特派代表邓东参谋和一位通讯员前来商谈，邓东代表纵队首长向第一八四师毅然起义表示热烈欢迎和慰问。并带来民主联军提出的三个条件：守城部队一律放下武器，撤出城外；到指定地点集中；命令驻大石桥、营口的部队将阵地交给民主联军，开到指定地点；将在师部的国民党特务抓起来，交给民主联军。还要求一八四师于次日晨 6 点撤出海城，开往析木城。30 日清晨，按照民主联军的要求，滇军一八四师师直属队和第五五二团 2700 余名官兵，高举反对内战、争取和平的义旗离开海城，由四纵十旅十一团护送，直奔解放区。

5 月 31 日，潘朔端与副师长等率全师将士通电全国。电云："朔端等籍隶云南，多年从军，每以卫护桑梓，救国救民为己任。……唯事与愿违，本师自安南奉命航海北上，名曰接收主权，实则为进攻中共在东北之武装。身为中国人，用美国武器进行内战，残杀自己同胞，朔端等每念及此，莫不悲愤填膺。……俯念东北沦亡 14 载，人民已血肉枯竭，复何忍大动干戈，杀人遍野……因此朔端等思之再三，乃于海城火线上实行反内战起义，决心与民主联军合作到底，不再执行兄弟自残之乱命……"海城起义得到了中共中央、中央军委的高度评价。6 月 6 日，朱德总司令从延安给潘朔端和起义部队发电贺勉。朱德总司令在贺电中称赞此举"揭和平之义旗，张滇军之荣誉"，邓小平、刘伯承的贺电说"这一光荣起义，给好战分子一当头棒喝"。海城起义，也成为国民党军在东北战场上战术兵团起义的开端，这次起义不仅振奋了滇军官兵的冲天豪气，更为东北战场的最终胜利埋下伏笔，预示了中国人民解放战争的最终胜利。

🚩 长春起义

1948 年 10 月，正当人民解放军在东北战场上同国民党军队展开战略决战的关键时刻，滇军第六十军军长曾泽生在中国共产党的感召下，顺应历史潮流，毅然率领六十军 2 万余人在长春起义。六十军长春起义是滇军的又一正义壮举，也是解放战争中中国共产党第一次争取成功的国民党整军起义，对瓦解国民党军、夺取辽沈战役的全面胜利具有重大意义。

> 曾泽生（1902—1973），1902 年 10 月生于云南省永善县大兴镇，早年考入云南督军唐继尧军士队，毕业于云南陆军讲武堂。1925 年起先后入黄埔军校第三期和高级班学习，1929 年入滇军，曾任滇军营长、团长、师长、军长等职。

抗日战争时期，曾泽生率部参加徐州会战、武汉保卫战、长沙会战等战役战斗。滇军六十军自调到东北参加内战之日起，就处于进退维谷的境地。一方面，被蒋介石驱使到内战前线充当"炮灰"，时时受到排斥和歧视；另一方面，在战场上又多次遭到东北民主联军的沉重打击。一八四师海城起义后，六十军在营口重组一八四师，归国民党东北长官部直接指挥。一八四师是曾泽生的老部队，他是从那里起步走出来的，它的起义冲击着曾泽生，使他内心极度不安。海城起义也震动了蒋介石，他对滇军加强了防范，但他在东北的"反共"战争又需要借助滇军力量。为了稳定未起义的滇军，蒋介石先后派杜聿明、卢汉前去"抚慰"滇军，并承诺重建第一八四师。卢汉到东北后，对曾泽生等说，海城起义后，东北滇军的处境会更加困难，但是，现在跟共产党去干，是半路出家，没有多少好处；而蒋介石要打内战，苦于兵力不足，不得不借助滇军的力量。他要曾泽生等人牢牢把握一点：只要滇军还有实力，蒋介石就不敢对滇军轻举妄动，而他卢汉省主席的位子牢不牢，可以坐多长时间，就看滇军能否保住实力、能否多打胜仗。他要曾泽生等人警惕蒋介石下毒手解决滇军；在与共产党军队作战时，要遵循保住部队实力的准则，要注意固守不可死守，千万不可轻敌，要灵活对待，相机受命作战；凡事都要三思而后行，不能丢掉老本，丢掉老本一切都完了。曾泽生认为卢汉的讲话，"道理是道理，做还是做。他有他的处境，我们有我们的困难"。但是，卢汉的讲话还是成为曾泽生以后处理各种关系和作重大决策的准

绳，对蒋介石不听命不行，全听命也不行；不打共产党不行，硬打硬拼也不行，即对蒋介石"不即不离""虚与委蛇"。

1947年5月，东北民主联军发动夏季攻势，迅速改变了东北战场的形势。5月中下旬，杜聿明直接指挥的新组建第一八四师在梅河口被全歼；暂二十一师也被民主联军分割包围，面临被各个击破、全师覆灭的危险。曾泽生命令暂二十一师从磐石向吉林市撤退，但在撤退途中被民主联军伏击，全师只剩下不到1个团的兵力。经过与民主联军的几次交战，第六十军实力损耗一半。惨痛的损失惊醒了迷梦中的曾泽生，凭着军人的直觉，他断定国民党如今正在走"下坡路"。为此，曾泽生于6月间把兵力收缩到吉林市，以图保住实力。

就在第一八四师起义后，中共中央从延安等地派刘浩等10

多名云南籍干部来到东北，分别在吉北和吉南开展工作。同年，中共
中央安排张冲到东北工作。张冲是著名的滇军将领，是曾泽生的老上级。
张冲到东北后，直接对滇军开展了工作。1947年6月中旬，刘浩到
吉林，向暂编第二十一师师长陇耀转交了东北民主联军总部和潘朔端
给曾泽生和陇耀的信，希望第六十军站到人民方面来。潘朔端给曾泽
生等人的信中要他们不要继续打内战，当机立断在内战前线起义。张
冲也非常关心东北滇军的前途和命运，对困守吉林市的第六十军将领
犹豫不决的状况很着急。他在给曾泽生等人的信中情真意切地指出："东
北局势已定。兄等既守不可能，走亦难免被歼，此系大势所趋，人心
所向，蒋贼灭亡，为期不远也。"要求东北滇军当机立断，宣布起义。
陇耀表示愿和曾泽生商量，待时机成熟时与民主联军联络起义。在东
北民主联军强大的军事打击下，新任"剿总"司令卫立煌决定放弃陷
于孤立的吉林，把六十军集结到长春。1948年3月8日，六十军和
国民党吉林省市党政机关及地方团队，仓皇从吉林撤退。1948年夏
天，在东北战场，人民解放军已发展到70万，地方部队30万，解放
区的面积已占整个东北的97%，人口占86%，而国民党的兵力则下
降到50多万。东北战场成为全国五大战场中人民解放军正规军数量
超过国民党军的唯一战场。根据全国战略形势的变化，中共中央、中
央军委决定首先在东北战场实行战略决战，发起辽沈战役。东北野战
军按照党中央、毛泽东制定的就地消灭敌人、关起门来打狗的战略部
署，大部分主力南下，先发起锦州战役，切断敌人的退路；对长春守
敌则采取久困长围的战略方针。人民解放军10万大军兵临城下，在
长春城外方圆50里的地域上形成一个封锁区，筑起了一道坚不可摧

的城外之城，长春 10 万守敌成了瓮中之鳖。到 9 月，在围城 3 个多月中，解放军进行了大小战斗 30 余次，毙伤俘敌近 3000 名，长春成了飞机不能降落、步兵不能突围的一座死城。除军事打击外，解放军对长春实行了严密的经济封锁，困守长春的敌人开始依靠空投活命，后由于围城部队炮火的拦截，敌机空投越来越少，城内粮食奇缺。严重的缺粮，使长春守敌内部嫡系和非嫡系的矛盾、正规军同地方军的矛盾、蒋军同城内广大群众的矛盾，都异常尖锐起来。人心浮动，朝不保夕。在实行军事打击和经济封锁的同时，围困长春的东北人民解放军展开了大规模的群众性的政治攻势，大量敌人逃出城来投诚。围城指挥所还加强了争取六十军上层将领的工作，利用张冲、潘朔端、郑祖志等与曾泽生、陇耀的关系，多次由他们写信给曾泽生、陇耀等人，劝说他们采取正义行动。5 月，东北军区政治部还将原六十军团长张秉昌、副团长李峥先等以放俘形式分批派遣回长春，开展对六十军中上层将领的策反工作。

军事围困、经济封锁和政治攻势，使长春守军处于内无粮草、外无救兵，欲打不赢、欲守不能、欲走不了的绝境。锦州战役使得滇军第九十三军军长卢濬泉被俘，长春守敌更加惊慌失措。中国共产党的长期艰苦工作，给六十军官兵思想以积极影响。在一批有爱国正义感的军官的积极支持下，军长曾泽生决定率部起义，投向光明。起义当晚，曾泽生先召集营以上军官讲话，痛诉蒋介石祸国殃民的罪恶和对六十军一贯采取歧视、排斥的政策，分析东北和长春的形势，说明六十军的危险处境，引导大家讨论六十军的前途和出路，随即郑重宣布起义，归向人民。中央军委于 1949 年 1 月 2 日发布命令，将起义部队正式改编为中国人民解放军第五十军，任命曾泽生为军长。经过改造，部队在思想上、组织上、作风上实现了"脱胎换骨"，成为一支真正的人民军队。解放战争后期，五十军入关南下，先后参加了鄂西战役、解放大西南战役。1950 年 10 月，作为中国人民志愿军第一批入朝部队参加了抗美援朝战争。长春六十军整军起义，开创了解放战争时期城市和平解放的先例。长春的解放不但加速了东北的全部解放，而且给所有据守大城市的国民党军队指出了一个前途。

🚩 "一支人民的军队"——云南人民讨蒋自救军第一纵队的建立

解放战争时期，在云南诞生的"一支人民的军队"由小变大、由弱变强，开辟滇东北、横扫滇中、挺进滇西、二下滇南，将武装斗争的革命火种遍撒云南大地，成为中国人民解放军滇桂黔边纵队的主力军，谱写了一曲曲革命战争的壮丽凯歌，为云南人民的解放作出了积极贡献。

1947 年 3 月 8 日，中共中央发出《中央关于在蒋统治区发动农民武装斗争的指示》。云南党组织领导人钱瑛根据中共中央发动敌后游击战争的部署，指示云南已经具备在全省发动大规模开展游击战争队的条件。1947 年 12 月，中共云南省工委在建水西林寺召开会议，全面部署在云南大规模发动武装斗争的问题。参加会议的有省工委书记郑伯克和委员侯方岳等，从境外回国的王子近列席了会议。会议认为，滇东南和滇南地区有党的长期工作基础，特别是滇东南的弥勒西山、路南圭山、陆良龙海山地区，群山绵延，又是彝族聚居区，党在这里有多年工作的基础（早在 1946 年秋，省工委派彝族革命青年毕恒光回到石林，明确批示他要进行武装斗争的准备工作。毕恒光以教书为掩护，走村串寨，在宣传和发动群众方面做了大量的工作，逐步形成了以维则乡为中心的革命工作据点），有首先发动武装起义的诸多有利条件。另外，罗平的钟山乡、滇南的石屏等地也有工作基础，建水、元江已有武装斗争的准备。会议决定游击战争首先在西山、圭山地区发动，配合人民解放军进行战略反攻。中共云南省工委建水会议的召开，标志着党领导的云南人民武装斗争的全面展开，中共云南地方组织领导的革命斗争从此由地下斗争转为配合人民解放军全面反攻的公开的人民游击战争。此时，疏散到缅甸的朱家璧、张子斋（白族）等人迫切要求回国搞武装斗争。钱瑛询问了干部情况后，决定游击队建立后，由朱家璧负责军事指挥，张子斋负责政治工作。并指示游击队初建时，不要急于鲜明地打出旗帜，待报中央批准后，再列入中国人民解放军序列。

糯斗村"一支人民的军队"建军遗址纪念碑

朱家璧（1910—1992），云南省龙陵县人，早年参加滇军。1928年在滇军军官团学习。1930年考入黄埔军校第八期，在武汉分校和南京分校学习，1933年毕业。黄埔军校毕业后历任排长、连长、中队长。1938年到延安抗日军政大学学习。1940年回云南工作，利用社会关系进入滇军，任副团长、团长。后任云南人民讨蒋自救军第一纵队司令员、滇桂黔边区纵队副司令员。

1938年2月，朱家璧辗转到达陕北革命根据地延安，先后进入抗日军政大学、中央组织部党员训练班学习，并留在延安工作。同年加入中国共产党。1939 年 1 月，他和刘林元等人起草并向中央组织部呈送了《我们对于将来回云南及滇军中工作意见的报告》，主动提出回云南工作的请求。1940 年 9 月，中共中央组织部部长陈云派在陕北公学任教育干事的朱家璧从延安回云南，到滇军中开展工作。朱家璧途经重庆到中共中央南方局接受指示时，周恩来又指示他，要"利用关系进入滇军，分散隐蔽党的组织，把有组织的活动转变为着重开展调查，广交朋友，以进步面貌出现，扩大党的影响"。朱家璧利用社会关系进入滇军第一旅任营长，并以其堂叔朱旭与卢汉共事的社会关系，向卢汉、卢濬泉、龙泽汇等滇军将领宣传坚持团结、抗战、进步的主张，得到卢汉、卢濬泉等的信任。一些共产党员和进步青年又通过朱家璧的关系进入该部。1943 年，滇军第一旅改编为暂编第十八师，朱家璧升任第三团副团长，继续在三团开展工作，进行了大量艰苦的革命工作。他利用一切机会，把许多疏散的共产党员和进步分子隐蔽在滇军中开展工作，积极准备开展敌后抗日游击战争；他主持成立了滇军十八师艺工队和前锋剧团，宣传抗日救亡；他广泛接触中上层军官，通过各种渠道做了大量的统战工作。1945 年 10 月，蒋介石给卢汉发出密电，要卢汉逮捕第一方面军特务团团长、中共党员朱家璧等人，称"朱家璧等人，同越共有勾结，着即查办"。朱家璧获悉后，立即通知滇军中的中共党员火速转移，连夜将其宿舍里的进步书籍、文件、照片、资料全部销毁。1946 年，由于身份暴露，

朱家璧

受到国民党特务组织的跟踪，他离开滇军，按党组织安排疏散往缅甸。建水会议以后，中共云南省工委指派王子近到境外，向朱家璧、张子斋等人传达省工委决定。朱家璧等化装成马帮秘密回国，经思普、元江，于1948年2月到达石屏宝秀。此时这里集中了滇南工委从宁洱、建水、石屏等县农村抽调来的农民、学生积极分子、民青成员共78人和数十条枪。经省工委派陈盛年到宝秀与滇南工委和张子斋、朱家璧等研究，决定将已集结的武装组成基干队，交朱家璧带领，分批秘密越过滇越铁路线，转移到弥勒、路南之间的西山、圭山地区，与这一地区的党组织和武装队伍会合后发动武装斗争。2月29日，在弥勒县党组织的接应下，朱家璧、张子斋等率队到达弥勒西山勒克村，先后与弥勒县党组织负责人李文亮、姜必德、王介、

以及弥泸区党组织和人民武装负责人祁山、何现龙等会合，决定立即调西山基干武装到勒克，进行军政训练，何现龙回泸西准备集结武装力量，祁山赴省工委汇报。会后，朱家璧、张子斋将弥勒县党组织发动、组织的农民武装和从滇南带来的武装共200余人集中，初步编为3个中队和1个政工队。除进行建军宗旨、作战原则和三大纪律八项注意教育外，着重针对面临的紧急形势进行战前动员和军事、政治训练。训练只进行了三四天，国民党暂编第二十六师五七八团和保安团1个营以及泸西、弥勒、路南三县的地方反动武装，就分左、中、右三路向西山扑来。游击队在西山人民的支持下，灵活作战，经过石门坎、中和铺、勒克3次较大的战斗，打退敌军的"围剿"。游击队发展到300多人，圭山西山起义获得成功。3月初，祁山到宜良向省工委委员侯方岳汇报请示工作。侯方岳

传达了省工委的指示："目前敌情严重，绝不能死守西山，要跳到外线去作战。先把西山的武装带出来，再到圭山、东山、龙海山、钟山乡集结部队，发动群众，相机打击敌人。如敌尾追，则集中优势兵力歼其一部，以挫敌焰。

迅速抽调西山、圭山、东山、龙海山、罗平钟山乡的民兵骨干组建一支主力部队，部队番号暂称'一支人民的军队'。朱家璧任司令员、何现龙任副司令员、张子斋任政委、祁山任副政委。"按照省工委的决策，3月中旬，部队发展到3个大队400余人，暂称"一支人民的军队"。随后，"一支人民的军队"一直在圭山地区进行游击战争，开展了波澜壮阔的武装斗争。经多次改编，1948年7月，军队改番号为云南人民讨蒋自救军第一纵队（边纵），1949年7月，与桂滇边部队等合编为中国人民解放军桂滇黔边纵队，1949年底，边纵部队主力发展至4.5万余人，共歼敌6.1万余人，并解放多座县城，有力地支援了东北战场和中原战场以及解放大军渡江南下，并钳制和消灭了大量国民党部队，策应和支持了全中国解放。

为建立新中国而战斗

🚩 昆明起义

1949 年 10 月 1 日，中华人民共和国成立。人民解放军按照毛泽东和中央军委大迂回、大包围、大歼灭的战略方针，挥师南下，挺进云南。在解放军大兵压境的形势下，由于中共中央和云南党组织作了长期的争取工作。同时，卢汉出于自身前途和云南军政人员的去向考虑，政治态度逐渐从拥蒋保己向反蒋起义转变。加之蒋介石为了争夺云南，加紧了对卢汉的压迫和利诱，卢汉出现反复。12 月 9 日，国民党云南绥靖公署主任、云南省政府主席卢汉宣布起义，昆明和部分县城宣告和平解放。

🚩 昆明保卫战

1949 年 12 月 9 日，卢汉在昆明宣布起义。随后，国民党军队对起义军发动战争，昆明保卫战打响。云南起义部队在人民解放军野战部队的驰援和边纵的有力配合下，在昆明党组织领导的人民群众的支援下，进行了艰苦的昆明保卫战。从 12 月 16 日至 21 日，历时一周，最终以弱胜强，取得了昆明保卫战的胜利。

卢 汉

卢汉在昆明率部起义后，蒋介石为挽救在大陆彻底覆灭的命运，于 12 月 10 日派飞机到昆明上空抛撒传单，要卢汉"回头是岸"，宣称要"炸平昆明"，并在曲靖设立指挥部，指挥第八军和第二十六军及其他部队共约 4 万余人，由宜良、呈贡以及滇黔路一线，向昆明反扑。国民党政府陆军总部对进攻昆明的部队发给大洋 10 万元，允诺"攻下昆明，准许自由行动三天"。12 月 13 日，国民党军推进到昆明外围，16 日，昆明保卫战在东郊、南郊激烈展开。此时，南下野战军尚未到达云南，边纵部队也尚未赶到昆明。在昆明的起义部队只有 10 个团，兵力和武器装备都处于劣势，昆明面临着严峻的形势。卢汉一面急电刘伯承、邓小平首长，要求野战军驰援昆明，一面组织起义部队，抵御敌军进攻。刘伯承、邓小平即令驻贵州之二野第五兵团第四十九师疾进云南，驰援昆明；令边纵就现态势分头集结兵力，从各方面给进攻者以有力打

毛泽东、朱德复卢汉电

卢主席勋鉴：

佳电①通悉，甚为欣慰。云南宣告脱离国民党反动政府，服从中央人民政府，加速西南解放战争之进展，必为全国人民所欢迎。现我第二野战军刘伯承司令员邓小平政治委员已进驻重庆，为便于具体解决云南问题，即盼迅与重庆直接联络，接受刘邓两将军指挥，并望通令所属一体遵行下列各项：

（一）准备迎接人民解放军进驻云南，并配合我军消灭一切敢于抵抗的反革命军队。

（二）执行人民解放军今年4月20日布告与今年11月21日刘邓两将军的四项号召。保护一切国家财产，维持地方秩序，听候接收。

（三）逮捕重要反革命分子，镇压反革命活动。

（四）保护人民革命活动，并与云南人民革命武装建立联系。

又为向云南与全国人民正式宣布此次起义并取得各方谅解计，似以另发一通电，对过去作进一步检讨，再由我方电复并于互相同意后发表，较为妥当，专此并希裁复。

毛泽东 朱德
1949年12月11日

毛泽东、朱德复卢汉电

击，并乘势将敌退入越南的道路截断。刘伯承、邓小平同时致电卢汉，要他给进攻之敌以迎头痛击，并坚守要点，待我军赶到，协同歼灭。滇桂黔边区党委副书记郑伯克 12 日由滇中赶回昆明后，即和昆明市委研究，立即通过公路交通部门的党和群众组织，调集汽车队，接运边纵朱家璧西进部队来昆。同时，昆明市委紧急动员群众，从各个方面全力支持起义部队保卫昆明，以坚定起义当局的决心。

刘伯承、邓小平致卢汉电

卢主席勋鉴：

删子① 电敬悉，我们已分头派遣部队向云南急进。如第八军、廿六军继续坚持反动立场，敢于进攻昆明，即请予以迎头痛击。并坚守要点，以待我军赶到，协同歼灭之。望在作战中，与各派遣部队切取联络，密切配合，并将情况随时见告为盼。

刘伯承　邓小平
1949年12月16日

刘伯承、邓小平致卢汉电

---

12 月 16 日上午，敌军发起进攻，在战斗最激烈时，起义部队和警察全部调上前线，以加强前线战斗力，人民群众的大力支援和鼓励，使起义部队士气大振，更加坚定了保卫昆明的决心和信心。这时，二野五兵团第四十九师由贵州安顺、镇宁出发，正向云南疾进；边纵副司令员朱家璧亦率西进部队从滇西驰援昆明。消息传来，守城军民更加信心百倍地抗击进犯之敌。在昆明保卫战最关键的时刻，二野五兵团第四十九师奉命神速进军，进抵滇东曲靖地区。进犯昆明的敌军获悉情报后，恐被围歼，乃于 19 日晚仓皇后撤，向南逃窜，紧张激烈的昆明保卫战胜利结束。

昆明保卫战是解放大西南进程中的一次重要战斗。昆明保卫战的胜利不但使昆明市区免遭战争的破坏和敌军的蹂躏，而且使昆明起义取得了完全的成功，有利于云南全境的解放和以后人民解放军歼灭云南境内的国民党残余部队。

🚩 滇南战役

根据党中央和毛主席制定的对华南、西南地区之敌采取大迂回、大包围、大歼灭的战略方针，卢汉率部起义后，第二野战军第四兵团和第四野战军第三十八军，在陈赓司令员的指挥下，从广西境内分兵两路进军滇南，以迅雷不及掩耳之势，在滇桂黔边纵队和卢汉起义部队的积极配合下，发起滇南战役，歼灭了国民党残敌。滇南战役，从1949年12月27日开始，至1950年2月19日结束，历时55天，全歼国民党陆军第八兵团及其所属第八、第二十六军，共3.2万人。滇南战役是中国人民解放军在解放战争时期祖国大陆上进行的一次大规模的追歼战，也成为人民解放军在云南战场上的完美谢幕。

1949年12月15日，中国人民解放军滇桂黔边纵队领导林李明、庄田、张子斋等率部到达广西百色，与四野三十八军一五一师会师，随即到南宁向二野四兵团司令员陈赓汇报了云南的情况，受领了进军滇南的作战任务。按照中共中央、毛泽东的部署和二野首长刘伯承、邓小平的指示，四兵团党委于1950年1月4日在广西南宁召开扩大会议，研究进军云南的部署，即令三十八军和滇桂黔边纵队第一支队组成左路部队，沿中越边界前出河口、金平一线，断敌逃往国外的陆路通道；令十三军为中路部队，日夜兼程，直出蒙自、开远一线，袭占蒙自机场，断敌空中逃路，而后在友邻部队协同下歼灭汤尧兵团于滇南地区；令滇桂黔边纵队和卢汉起义部队各一部作为右路部队，由昆明南下阻击西逃之敌，配合主力作战。并要求各部队发扬连续作战的作风，不顾疲劳，加强协作，密切配合，不怕牺牲，快速前进，大胆迂回，先兜后歼，务必将敌第八军、第二十六军全歼于国境线内，免除后患。

左路部队主要目标为关闭南大门，切断国民党第八兵团由陆路逃往越南的道路，由此必须抢先攻占河口。河口是云南通往越南的咽喉要道，是滇越铁路的边境出口站。第一一四师从文山出发，一路翻山越岭，直扑河口。进至南溪河，在5小时内就用汽油桶架起了一座200多米长的浮桥。9日，在边纵第一支队的配合下，攻占了南溪火车站，进而占领了边境重镇河口。敌人闻知解放军占领河口，惊恐万状，汤尧急令驻防蒙自的第二十六军派出部队到红河上的蛮耗渡口架设浮桥，以便空运不成的部队从蛮耗渡口渡河南逃。我军火速向蛮耗进军，于15日夜赶到蛮耗，次日晨顺利攻占蛮耗，南逃之敌遂窜向红河上游的蛮板渡口。我军遂攻占屏边县城，18日赶往蛮板，经过两个多小时的激战，攻占了蛮板，至此，红河沿岸各渡口被左路部队和边纵部队封锁，截断了敌人逃往越南的通道，为聚歼敌军于云南境内创造了条件。

中路部队前出蒙自、开远一线，袭占蒙自机场，断敌空中逃路。部队抵百色后，抛下重武器和背包，只带轻武器和粮食，日夜兼程，向蒙自前进。于16日攻占了蒙自机场和蒙自县城，胜利完成了抢占蒙自机场、拦腰截断滇越铁路的任务，封闭了敌人由空中逃往台湾或从滇越铁路逃往境外的通道。袭占蒙自机场之战，彻底打乱了敌军的战略部署，为迅速歼灭汤尧集团创造了极为有利的条件。而敌军则陷入一片混乱，汤尧急令第二十六军向个旧、红河方向撤退，令第八军和兵团部向建水、元江方向撤退，他本人则于16日凌晨逃往建水，妄图从陆上逃往国外。第十三军前线指挥部判断，敌军经个旧、金平逃往越南的可能性最大，遂决定乘胜攻占个旧，断敌从金平南逃的道路。

右路部队主要是堵击西逃之敌。首先，包围了盘踞在大平掌的李润之"反共自卫义勇军"，使之投降；其次，激战元江东岸，活捉汤尧；最后，进军边境，把五星红旗插到了中缅边境的打洛镇，滇南战役胜利结束。

滇南战役历时 55 天，除少数残敌逃往国外，共歼敌 3.2 万余人，完成了祖国西南边疆追歼逃敌的作战任务，为粉碎蒋介石把云南作为"反共"基地、"重整西南河山"的迷梦，起了决定性的作用，也为云南全境的解放和野战军迅速推进至边防前哨、保卫边疆、巩固国防，奠定了坚实的基础，使中国共产党云南地方组织和云南各族人民为争取解放而奋斗了 24 年的目标最终得到了实现。在滇南战役中，人民解放军野战部队有 700 余官兵伤亡，他们用鲜血和生命，铺筑了云南各族人民通往胜利大道的最后基石，他们的英灵和英名，为云南各族人民永记。

结 语

从 1926 年 11 月中共云南特别支部建立，到 1950 年 2 月全省解放，中国共产党在边疆多民族地区的云南省坚持斗争历时 24 年。

在中国共产党的领导下，中共云南地方组织团结、带领云南各族人民，历经 24 年的浴血奋斗，推翻了国民党的反动统治，夺取了政权，云南人民和全国人民一起获得了翻身解放。

这 24 年的历史，是马克思主义理论与中国革命实际相结合在云南具体实践、探索的历史；是共产党人追求真理、追求光明，争取国家独立、民族解放的历史；是共产党人为了崇高的理想，不惜抛头颅、洒热血，前赴后继的历史；是共产党人依靠人民、组织群众反抗黑暗统治，争取翻身解放的历史！同时，中共云南党组织为中国革命作出的贡献难能可贵。大革命时期，推翻唐继尧在云南的统治，消除北伐的后方隐患。发展壮大云南党的组织，在全省开展国民革命和群众运动，发动群众、组织武装暴动，在云南掀起了新民主主义革命的第一次大风暴。遭敌人残酷镇压后，保留了革命的种子，保存了火种；党组织恢复建立后，积极开展工作。抗日战争时期，组织领导轰轰烈烈的抗日救亡运动，推动滇军出兵抗日，认真贯彻执行中央团结抗战及"发展进步势力，争取中间势力，孤立顽固势力"的方针，高举抗战、团结、进步的旗帜，不断壮大爱国民主力量。为进一步加强统战工作，团结各阶层人士，建立民主堡垒与"反共"顽固势力进行针锋相对的斗争，作出了积极的贡献。解放战争时期，开展了一系列爱国民主运动。积极发展党领导的人民武装，建立根据地；积极促成云南国民党当局举行昆明起义，配合解放大军消灭国民党残匪，加快云南解放进程，作出了积极的贡献。

云南各族人民开天辟地地实现了企盼千百年的彻底翻身解放，第一次实现了人民当家作主和民族平等，云南的历史从此翻开了崭新的篇章！

在这期间，云南籍共产党员群星璀璨。他们研究、传播马克思主义，为中国共产党的创立作出了积极的贡献；他们发展党的早期组织，培养干部，播撒了革命的火种；他们在严酷的斗争环境中，不畏艰险，舍生忘死；他们在凶残的敌人面前，宁死不屈，大义凛然；他们为了党的事业、革命的理想，抛头颅，洒热血，气贯长虹。他们追求真理、救国救民的崇高境界令人敬仰。他们走出大山，寻求知识，投身革命，矢志不移，无私奉献，不怕牺牲的革命精神令人钦佩。张伯简、施滉、王复生、王德三、王有德、李鑫、赵祚传、刘平楷、张经辰……这些闪闪发光的名字，记载着革命先驱的功绩和贡献，也记载着云南人的骄傲和自豪。

在云南地方党史上这些名留青史的英雄，是我们学习的榜样。也正如习总书记在 2016 年 2 月 1 日至 3 日春节前夕赴江西看望慰问广大干部群众时的讲话指出的："中华民族是崇尚英雄、成就英雄、英雄辈出的民族，和平年代同样需要英雄情怀。对一切为党、为国家、为人民做出奉献和牺牲的英雄模范人物，我们都要发扬他们的精神，从他们身上汲取奋发的力量，共同为推进中国特色社会主义伟大事业、实现中华民族伟大复兴的中国梦而顽强奋斗、艰苦奋斗、不懈奋斗。"